Der Schachspieler

Roman

Pascal Debra

Pascal Debra

Der Schachspieler

Roman

Titel der Originalausgabe:
Der Schachspieler (geschrieben 1999-2002)
4. Auflage 2018
© 1999-2009, 2018 Pascal Debra
Alle Rechte vorbehalten

Einbandgestaltung: Pascal Debra © 2018
Frontcoverphoto:
"Man looking to the horizon" Joshua Earle ©
Herstellung und Verlag: BoD- Books on Demand,
Norderstedt, 2018

ISBN: 9783743189324

Teil 1

Kapitel 1: Der Besuch

Das Zimmer war dämmrig und lichtarm.
Die Kandelaber nahe der ahornholzfarbenen Bibliothek waren selbst in zwielichtiges Dasein gehüllt. Draußen aber, vor den großen Fenstern, stiegen schattige Nebel auf und trugen dazu bei, dass das Innere des Zimmers selbst dunstig und unscharf erschien.
Der Tisch, an dem ich gesessen hatte, und den die Schachfiguren und das Brett verzierten, stand orakelhaft und gedrängt vor der Tür, die zur Eingangshalle führte. Verwinkelt blickten die Konturen der Möbel in den Raum hinein; verschleiert umspielte sie das diffuse und diesige Licht der Kerzen.
Wie verloren schien mir der König im Schachspiel aus altem Edelholz. Unbegabt und tief.
Ich wartete auf einen Freund, einen Kollegen. Ich wartete auf den Bekannten und der Nebel umschloss den Raum von außen.
So stand ich in der Mitte des Zimmers, neben dem Tisch, im Flackern der Kerzen und sann über die Dinge nach, die mich auch nur dann befielen, wenn alles still um mich wurde. Von oben hörte ich das Knarren des Parkettbodens. Es musste irgendeine Erklärung geben, warum er nicht gekommen war.
Das Bild zwischen den beiden Bibliotheksschränken wirkte fast bescheiden in diesem großen, und doch drangvoll beengenden Raum.

Das Feuer im Kamin knisterte.

Schatten wichen in obskuren, undeutbaren Zeichen über die Wände. Das Schachbrett, das gerade gewachst worden war, schimmerte königlich im Scheine der Kerzen.
Umrisshaft schienen die Bauern, eng umschattet ihre Form.
Unverständlich und undeutlich, als würden ihnen gerade Worte entlockt werden. Denn fast glaubte man, sie müssten plötzlich im Raume sein, und Stimmen besitzen, so wahr und lebendig brachen sie in die Stille hinein.
Ich setzte mich etwas unschlüssig in den großen Sessel vor der Bibliothek.
Immerhin war es schon spät und mein erwarteter Besuch blieb aus, so dass ich ein Buch aus der Bibliothek nahm. Wahllos glitten meine Finger durch die lustlosen Seiten. Ihr raschelndes Geräusch erinnerte mich zwanghaft an die im Zimmer stehenden Kerzen. Dabei wusste ich eigentlich nicht wieso. Nach mehrmaligem Hin-, und Herdrehen des Buches legte ich es auf den Tisch.
Dort standen bereits Figuren. Fast, ich mag es eingestehen, ängstigten sie mich durch ihr bloßes Dasein, oder besser: Das Wissen darüber, dass sie da waren; einfach, dass der Verstand realisierte, dass sie scheinbar harmlos in meiner Nähe waren und blieben.
Denn sie blieben unverrückbar.
Manchmal, wenn ich am Morgen in das Zimmer trat, so war es doch meistens so, dass sie friedlich und gesellig auf dem Brett standen, und eine

Umstellung hätte kein Grauen in mir aufkommen lassen ...
Aber abends ...
Anders schien es an jenem Abend ...
Einige erste Züge waren gespielt worden, nur einige Gedanken darauf verwendet im Kampfe der Geister. Doch nun standen einige gemischt in der Mitte des Bretts und meine eigene Unzulänglichkeit, mich dieser Beklommenheit zu erwehren, sie abzustreifen, wie ein alter, nutzlos gewordener Mantel, trieb mich nur noch tiefer in ein ratloses und fast dumpfes Empfinden.
Er hätte bereits seit einer Stunde hier sein sollen. Diese Fehlbarkeit aber war durchaus ungewöhnlich für ihn und gar nicht mal seine Art.
Die Unabgeschlossenheit der Figuren auf dem Schachbrett; das Feld eines flüchtigen Votums, ausgedacht und konstruiert von einem alten Geist. Weise und umwertend.
Eigentlich war mir nicht klargeworden, dass ich auch Durst empfand. Die trockene Luft verursachte dieses Leiden, denn es gesellte sich ein unangenehmer und unfeiner Husten hinzu.
Meist ärgerte ich mich dann.

So kam mir aber in den Kopf, dass Madame Espíritu noch im Hause sein mußte –sie hatte mir das ausdrücklich gesagt. Des Öfteren sogar und während des Abends auch ein paar mal. Schließlich war Besuch vorgesehen und dann blieb sie etwas länger als üblich.
Ich rief nach ihr.

Eigentlich flüsterte ich ihren Namen bloß, bis mir bewusst wurde, dass ich doch wohl besser daran täte, laut zu rufen. Mit einem unsicheren und bewertenden Blick auf die Figuren schrie ich ihrem Namen. Nach dreimaligem Versuch und dem Gedanken, sie hätte mich nun gehört, wendete ich mich wieder anderen Dingen zu. Ich dachte, die Kommode in der dunklen Ecke hinten rechts neben dem viel zu großen Fenster (eins von dreien) wäre nun doch zu alt. Nein, nicht zu alt in diesem Sinne. Womöglich war ich nur der Meinung, sie sei aus der Mode gekommen. So abgestanden warf sie ihre Schatten ins Zimmer, so aufdringlich und zeitfremd. Mich interessierte was mit dem Nebel passiert war und bemühte mich aus dem Sessel aufzustehen und zu den Fenstern hinüberzugehen.
Das Erschauen selbst war eine Nötigung.
Zufrieden stellte ich fest, dass die Nebelwolken sich zäh verdichtet hatten. Schwerfällig waren sie einfach präsent, einfach vorhanden. Ruhig und still.
Madame Espíritu hatte wohl meinen Ruf nicht vernommen. Fraglich war, ob sie denn vielleicht in der Küche gewesen war.
Auf jeden Fall schrie ich nochmals ihren Namen, und zwar so laut, dass ich selbst erschreckten musste...

Die Bilder aber sprachen. Und da mein Besuch wohl länger noch auf sich warten lassen würde, so nahm ich vorgreifend und schlicht an, würde ich noch einiges an Zeit haben, mich ein wenig in Geduld zu

üben. Draußen schwebte wie flüssig der Nebel. Drinnen standen die wächsern aussehenden Schachfiguren.
Die Bibliothek und ich.

Die Bilder, geerbte teure Reproduktionen alter Künstler längst vergangener Tage, erwirkten, dass mein Blick sich zu ihnen hinziehen ließ.
So weit ich mich erinnern konnte, handelte es sich um einen jungen Maler, damals zu seiner Zeit. Und wenn mich mein Gedächtnis nicht allzu sehr täuschte, so glaubte ich, dass er Damini geheißen hatte. Ähnliches aber hatte ich bereits gesehen, aber wo, wusste ich nicht. Das aber war Piazzetta.

Mit aufgerissenem, altem und sprachlosem Munde, ohne Worte verteidigend, den rechten sehnigen Arm emporgestreckt, in die Dunkelheit hineingetaucht: Den Dolch in der entschlossen geballten Faust.
Dies sollte Isaaks Tod sein. Dem errichteten Götzenbild blutiges Opfer zur Weihe, Fetzen der berauschenden Unvernunft.
Große Schatten, zerrissen, sich am Rande in unkenntliche, lichtlose Weite webend, so, als erstrahle die Brust des Jünglings Isaak dem ohnmächtigen Leiden nahe, in hellem Lichte des Lebens. Ein Engel aber sollte es sein, denn jener öffnete den Raum zur Tiefe hin, den cherubimhaften Dank auf den Lippen. Stumm zeigte sein Finger gen Himmel. Ergebungsvoll ruhte die rechte Lichthand auf Isaaks atmender Brust.
Kontraste im Willen des Lebens.

Blinde Dummheit in Abrahams Taten!
Die Zeit hatte wahrlich ihre Spuren hinterlassen. Der trübe Firnis wurde bereits abgenommen, einiges retuschiert. Madame Espíritu aber kam nicht.

Dunkelheit fiel durchs Fenster; der Nebel verhinderte jede Sicht nach draußen. Fast dachte ich, mich der Landschaft hinter dem Glas nicht mehr besinnen zu können. Und so ging ich langsam, die Hände hinter dem Rücken verschränkt, um den rätselhaften Tisch.
Fast wie eine Übermalung, so dachte ich mir. Wie eine Übermalung des Raumes selbst.
Belustigt trieb ich meinen Blick auf die Königsfigur.
Verstummte.
Einst gelangen mir Züge, die meisterlich im nachdunkelnden Schein der Mondnacht wirkten.

Warum aber drei Bilder?

Nie war mir deutlich aufgefallen, dass drei Bilder hier im Raume hingen. Selbst das Werk Cambiosas, sieben Frauen darstellend, war erst jetzt in meinem Bewusstsein entfaltet.
Das Bild: Demütige Leere in den Augen ergoss sich unvermittelt ins Dasein. Sich selbst den Tod wünschend und wissend um ihr bevorstehendes Schicksal, lag gebückt und schwach eine Nymphe am Boden des Hains.
Keuschheit und das Werk eines lüsternen Gottes.

Kraftlosigkeit göttlicher Männlichkeit vor einem Weibe.
Kallistos Selbsturteil, im sterbenden Gewissen einer schicksalhaften Nacht. Als letzte Tat:
Eine Bewegung des Fingers der Göttin Artemis in die Seele der Abtrünnigen, als Zeichen des notwendigen Hingangs: So erlosch das Feuer in Kallistos Augen.

Aber konnte ich mich täuschen? Gelangten zwingende Gedanken in den Raum seiner inneren Notwendigkeit? In den Augenblicken, da ich im Raume stand, empfand ich wiederum das lästige Gefühl eines nunmehr quälend gewordenen Durstes.
Vor einer Zeit, an die ich mich noch besonders gut erinnern konnte, waren zeitlich gesehen, viele Elemente zusammengekommen. Die verständliche Trennung von Altem, Loslassen in Begriffen und dann Schweigen ...
Danach sind viele Tage vergangen, an denen ich schweigend bereits am Morgengrauen den Winter draußen empfing, und manchmal stellte ich die Figuren neu hin, ordnete sie an den Enden des Schachbretts, und, alleine zogen die Gedanken still ins Zeitgewordene hinein. Jetzt aber war mir diese Zeit wieder so klar vor Augen, und fast musste ich zugeben, dass sie mir jetzt wieder passierte, sozusagen, vom Schicksal, oder vom Leben untergeschoben.
Benjamin hatte ich auch zu jenem Zeitpunkt kennengelernt; in ihm sah ich einen seelenverwandten Mitleidenden am Wesen der Welt. Sein Reichtum war innen; und innerlich war auch er zu vielen

neuen Schritten bereit. Neue Erkenntnisse über das Leben zu „entweben", neue Tore aufzustoßen. Wir standen uns sehr nahe, fast wie Brüder, und konnten auch vieles miteinander erleben, auch in Gedanken.

Wie zwei alte Herren (obwohl wir das natürlich nicht waren) standen wir allabendlich an der Seine. Dort gefiel es uns ganz besonders gut, und gingen oft schweigend nebeneinander her; gingen nur, und kamen doch nicht wieder am letzten Abend in Paris. Unser Weg war Sinn.
Und gingen.
Der Fluss in seiner Einfachheit des stillen Dahinfließens, die sich verformenden, kontrastreichen Bilder liquider Rhythmen, dann entformend, sich ausbreitete und im Ganzen verschlossen verschmolz.
Die Abendsonne tauchte alles in ein rötlich-farbenes Licht, in einen wartenden Zustand auf das nächtliche Dunkel. Benjamin schaute, am Geländer vor der Seine gestützt, gedankenverloren in eine neue Welt. Er lächelte und merkte nicht, dass mein Blick auf ihm ruhte.
In den weitläufigen Dingen des Tages lag Schweigen. Dort begannen Tage der Freundschaft. In ihm lag bereits die Ahnung einer späteren Erfahrung.

Wenn Türme erobert werden, dann ist dies kein gutes Zeichen für denjenigen, der in der anderen Welt dann der Spieler ist. Zum einen, weil jede Bemühung auf lange und taktisch geführte Züge nicht nur unmöglich gemacht werden, sondern weil der Spieler dumpf und mittellos, fast als Beobachter, seines eigenen Untergangs Zeuge wird. Zweitens hat der andere Spieler durchaus dann die Möglichkeit eine vernichtende, kluge Anzahl von Zügen hintereinander auszuführen: Oder die anderen Figuren strategisch so zu positionieren, dass der Mittellose sich, gesättigt am anderen Tun, geekelt zurückzieht, im Geiste bereits aufgehört hat, und sich der Niederlage sicher, das aus dem Tiefen kommende Gefühl der Vernichtung ahnend, mit Widermut abkehrt.

Die Kerzen flackerten im Raume und das Feuer im Kamin brachte große, sich verändernde Schattierungen an die Wände. Mit prosaischen Gedanken musste ich mich wieder daran erinnern, dass mein Besuch nicht gekommen war und ich ließ es darauf bewenden.

Er hatte sich bestimmt nicht verspätet, und unpünktlich war er auch nicht. Ich dachte nicht einmal daran, dass er vielleicht zu einem späteren Zeitpunkt an jenem Tag gekommen wäre.

Die einzige Frage, die mich wirklich beschäftigte, und ihrer Eigenartigkeit zum Trotz, war, dass ich mir nicht einmal sicher war, ob wir uns überhaupt treffen sollten.

Es war vielleicht nur eine Annahme gewesen, eine unabgeschlossene Idee, die, einmal in meinem Kopf, sich nicht mehr so leicht vergessen ließ!

Ich vermutete, daß, da ich es Madame Espíritu mitgeteilt hatte, auch wirklich ein solcher Besuch bevorstand, und dennoch war ich mit in dieser Sache gar nicht mehr so besonders sicher.

Mit diesen Gedanken in meinem Kopf zog ich unruhig die Vorhänge zu, ging, durch die Schatten der Kerzen begleitet, zum Stuhl und wieder befand ich mich vor dem Schachspiel.

Einige Zeit verging, bis ich, wie ich merkte, mit feuchten Händen, einen Bauer zwei Felder weiterrückte. Nun stand er starr und unversöhnlich, zwieträchtig und vom Lichte der ruhiger werdenden Kerze beleuchtet, vor mir.

Plötzlich wurde ich mir der ungewöhnlichen Ruhe gewahr, und diesem Umstand bewusste r und bewusste r werdend, überkam mich eine gewisse Unruhe und blickte unentwegt zum Bild das Abraham und Isaak darstellte.

Hatte nun Madame Espíritu geantwortet? War sie es?

Einige Sekunden verharrte ich fieberhaft, dann rückte ich den Stuhl beiseite, erhob mich und ging zur Tür.

Aber warum hatte sie nicht vorhin geantwortet? War sie in einem anderen Raum dieses übergroßen Hauses gewesen? Friedlos und unsicher schaute ich zu den Kandelabern vor den Fenstern.

Ohne zu öffnen, flüsterte ich ihren Namen.

Dann rief ich lauter.

Unfassbar. War ich einer Einbildung verfallen? Ich musste an Benjamin denken. Wie wir damals vor der Seine standen und redeten. Draußen war nun alles still. Man mochte fast glauben, die Nebel hätten jedes Geräusch verschluckt, hätten alles Seiende im

Außen unterdrückt, wie eine schuldlose Macht statischer Ruhe.
Das Schachspiel erwartete den nächsten Zug, aber mein Besucher war nicht gekommen. Zumindest hätte er da sein sollen, wenn dieses Treffen stattgefunden hätte. Und überhaupt wusste ich ja nicht mehr, ob der Besuch gar stattfinden sollte.
Nur mit großer Mühe konnte ich mich dazu durchringen, darüber nachzudenken und Vergangenes durchzugehen in Gedanken. Es blieb mir dann doch unbegreiflich, und so musste ich es notgedrungen darauf belassen.
Morgen aber, so hatte ich mir vorgenommen, sollte ich mit Madame Espíritu über ihr Ausbleiben sprechen. Nicht, dass ich sie dafür tadeln wollte, sondern weil ich meiner selbst nicht mehr so besonders sicher war. Diese vorigen Tage waren ungreifbar, wie ein Springer, der eben noch einen Zug in den anderen Raum des Schachspiels vollzogen hatte, und der nun, wie vertan und vergessen, geschlagen worden ist, wo ein Läufer an seiner Stelle dessen Feld betritt.
Übersinnlich und unirdisch.
Ich wusste nicht, wie viel Zeit vergangen war, seitdem ich dieses Zimmer betreten hatte, und spukhaft webten meine Gedanken in immer gleichen Zirkeln und Wegen. Nicht dass sie wirr oder verheddert waren, sie gelangten nur immer wieder zu sich selbst, überempirisch und unergründlich. Das Gleiche wiederholt sich immer wieder. Gleiches wird zu Gleichem, und was sich selbst Anfang war, ist eigene Endlichkeit, wie ein Übergang vom Anfang in den

eigenen Anfang hinein, wo Gleiches sich emporwirbelt und Anfang und Ende ihre Bedeutung vollends, kläglich verlieren.
Die Kerzen brannten. Still.
Wie Pfeiler einzelner Gedanken wirkten die Kandelaber. Beurteilt und absurd.
So kreisten die Gedanken und gelangten nie an einen Anfang dieses Tages, erreichten nie den Augenblick des Wissens eines Endes und starben somit in der Tiefe der Nacht, die der Schlaf empfing.
Unvollendet und unkundig blieben die Gedanken und kreisten.
Die Bilder hingen wartend und die Figuren standen stumm und streng.

Kapitel 2: Gedankenwelten

Unvorbereitet wurde mir bewusst, was an jenem Abend passiert war. Viele Dingen gingen mir dementsprechend durch den Kopf.
Mit diesen Gedanken lag ich noch wach.
Immer wieder aber musste ich an die Kerzen denken, die die Schatten warfen. Doch die Figuren.
Wie mussten auch sie jetzt still im Raume stehen.

Nächste Züge aber werden in manchen Stunden gespielt werden, vollzogen wie eine Voraussage an Sinn und Kraft.
Draußen war ein Sturm aufgekommen und, in die Dunkelheit des Schlafzimmers hineinblickend, formten sich einige Bilder in meinem Kopf: Mein Mentor, der Alte mit dem langen Mantel, der Graubärtige mit den glasigen Augen, den wirren Fingern.
Lange Zeit bin ich von ihm geschult worden.
Lange Zeit hat er mich unterwiesen.
Blind musste ich spielen. Stundenlang musste ich auf dem alten Holzstuhl sitzen. Manchmal waren Fragen in mir. Abstraktion wurde zu meinem alltäglichen Denkablauf. Stundenlang in tausend Möglichkeiten des Denkens, des Werdens wurde ich eingeweiht, wie ein junger Magier in die hohe Kunst des Hexenwerks eingeführt wird.
Oft saß ich am Brett, und mein Herz trank aus seinen Augen die Weisheit, die seinem enormen, unausschöpflichen Wissensschatz entsprang.
Ich war sein Schüler.

An manchen Tagen lehrte er mich aus den alten Büchern des Orients, die mystischen Anfänge des Schachspiels. Und ich wusste in meiner ungeübten, jugendlichen Art nicht, welche Stimme innerster Sicherheit sich dadurch formte. Denn diese Bücher waren sehr alt, vor langer Zeiten hatten sie ihren Weg in sein Zimmer gefunden. Dies waren die Gründe des Schachspiels. Der initiierende Beginn und die achtsame und behutsame Geburt eines Weisheitsspiels kausaler Zusammenhänge und voller präsenter Magie und unbedingter Welt.

So wie eine Tonart sich wechselt, so wandelten sich die Tage und je älter ich wurde, desto geübter wurde ich.

Meine Finger schmerzten oft, meine Vorstellung am Rande des Zusammenbruchs.

Und dann wieder der scharfe, aufpeitschende Blick des alten Mentors. In seinen Augen lag die Mantik des Geschehens, die existente Welt einer unerbittlichen Ausführung. Die Anschauung innerster Vorarbeit.

Makellos gezeichnete Züge in zunächst untadeligen Schemen, dann später wuchs die Anregung der gespannten Fehlerlosigkeit in fließenden, scharfen Ideenkonstruktionen.

Gegen ihn aber war nie zu gewinnen. Gegen ihn, den alten Mentor, demjenigen, der die Magie des Zuges in reiner Kontemplation, gegenwärtig und rasch vollziehen konnte, war und blieb ich der Schüler.

Das Licht des Geistes: Wie klar es sich darbot.
Mit diesen Gedanken lag ich noch wach.

Nun aber legten sich die Wände um mich, wie eine alte Kirche, zum Schutze. Draußen heulte der tosende Wind und ich konnte nicht einschlafen. Mit dem Gemisch von Gefühl und Wissen lehnte ich mich seitwärts aus dem Bett und wollte aufstehen.
Ich hatte noch immer Durst.
Vorhin war er schwächer geworden, nun aber wuchs dieses unbändige Gefühl, zehrend und ersuchend nach Erfüllung.
Somit erhob ich mich und ging zum Fenster.
Unter meinen Füßen hörte man den Holzboden knarren.
Jeder Schritt täuschte Gehen vor.
Jeder Schritt bewegte die Wirklichkeit in ihrem Sein. So stand ich vor dem Fenster und blickte in die Landschaft hinein. Der Nebel aber war Landschaft und nichts eröffnete mir den Blick in die Ferne. Nebel war Welt.

Den Mentor habe ich auch manchmal längere Zeit nicht gesehen. Dann überließ er mich dem Brett und den Figuren, wie ein römischer Kaiser das Opfer einer ihn zerfleischenden Löwenbestie.
Denn alles in diesen Dingen und Bereichen ist gefährlich, wenn die ausgleichende Kraft nicht vorhanden ist, die Möglichkeit nicht in Kontrolle übergeht.
So saß ich, nachdem er die schwere Tür hinter sich zugeschlagen hatte, vor dem Tisch, und die Figuren blieben ohne mein Zutun reglos und stumm.

Mein Mentor, der Alte mit den geübten Meisterhänden, wusste, in welchen Tagen ich die Figuren berührte. Er spürte die Tat und die Handlung in der Luft. Spürte das Vorhandensein an Zeit, wenn ich mich, geängstigt von den Figuren, nicht traute anzufangen, den ersten Zug zu machen.
Nach Jahren begann unter seinem wachsamen Auge, das Spiel anzuwachsen. Meine Hände wurden geistgeleitete Wege, wurden gedankliche Bewegungen.
Simulierte, figurierte, verstellte Wege und Figuren, blendeten den Gegner, dessen Sein sich mein Mentor angenommen hatte. Ich täuschte, spielte Versteck, baute auf, zerstörte, markierte, spielte Narr und schwieg.

Es waren schweigende Jahre, die den Jahren des Erklärens und Zeigens folgten.
Nach den Anweisungen folgte stummes Wissen.
Nach den Ratschlägen folgten Blicke durchdringender Absicht.
Nach den Worten der Erklärung folgten Handbewegungen der Kenntnis und Nuancen der Vertrautheit.

Es gab Wochen, an denen ich fast ununterbrochen spielte, planvoll, überlegt. Klug stand mein Mentor hinter mir. Ich spürte seinen Atem. Später gesellte er sich zu mir und seine Vorgehensweise wurde mir zuteil. Planmäßig und zweckhaft stellte er seine Figuren, wie eine Wand, gegen mich auf, und ich wusste, dass er tausend Züge für mich im Voraus dachte.

Schlau blickten seine grauen Augen in die Nacht hinein. Strategisch beherrschte er die Kunst der Irreführung.

Bei einigen Zügen dachte ich an Spiegelfechterei meinerseits, aber mein regsamer Geist wurde durch die tausend Stunden des Spiels von Augenblick zu Augenblick agiler. Logistisch und geschickt führten wir unseren Brettkrieg aus.

Er ahnte, dass ich besser wurde.

So verflogen die Stunden meiner jungen Jahre.

So standen wir an der Seine und unterhielten uns über das Leben. Es bedurfte er Gewöhnung in dieser neuen Stadt zu leben, diese frische französische Großstadtluft im Sommer einatmen zu können.

In einem Bruchteil der Sekunde dachte ich an vergangene Zeiten zurück. Ließ das Bild meines Mentors in meinem Geiste aufblitzen. Dann aber, wie vom warmen Vogelgesang geweckt, schaute ich wieder in die Abendsonne.

Benjamin schlug vor, eine Kleinigkeit essen zu gehen. Ich hatte Hunger und ich nahm seinen Vorschlag dankend an.

Wir beide empfanden an jedem Abend dieses gewisse kausale Erfassen des Seienden. Sahen uns wie außerhalb unseres Selbst. Waren eins mit der Atmosphäre des Abends. So gelangten wir ins Herz des Sommers von Paris.

Im rötlichen Dasein des restlichen Tages saßen wir an einem rustikalen Tisch auf der Terrasse eines

Restaurants. Gleichmäßig wehte ein laues Lüftchen über die Stadt. Reich an Kunst und Ästhetik.
Wir wussten, dass wir außerhalb einer Norm gelebt haben. Unsere Bestimmung war ungewiss, auch wenn sie in uns belebt war und fühlbar. Wir waren Besucher dieser Stadt, waren aber durchaus mehr.
Besucher gingen einfach und mittelbar durch die Stadt, durch das zu Beschauende. Unmittelbarkeit war ihnen fremd. Denn, um es genauer auszudrücken: Es waren und sind immer Fremde, solange sie die Stadt nicht leben. Solange sie die Landschaft nicht leben.
Es waren Touristen, Urlauber, keine wahren Menschen in einer neuen, empfangenden Stadt. Sie fühlten nicht die Stadt, sondern sahen sie bloß. Für sie blieb die Stadt stumm, auch Paris. Vor allem Paris. Sie lehnten sich nicht an den Puls der Zeit. Und erkannten das Zeitlose nicht im Dasein dieses Gefühls.
Die geflochtenen Stühle gefielen uns, und wir lehnten uns genüsslich zurück. Und sprachen.
Uns aber schütze sie, die Stadt. Breitete ihren Himmel über uns aus.
Benjamin redete über die Ideen einiger Philosophen. Wir lachten und tranken trockenen Rotwein.
Menschengeflüster lag in der Luft. Menschen gingen in weichen Farben an uns vorbei. Behutsam bevölkerte die Menge die Stadt, wie Blut die Venen, und so waren sie wie langsame und geistig reiche Ströme in den Straßen der Nacht.

Es war spät geworden. Die Luft hatte sich abgekühlt, der Himmel verdunkelt, Wolken färbten den Himmel in allerlei Schattierungen.
„Es war vernünftig, diese Reise anzutreten" sagte Benjamin.
Ich bejahte diese Idee mit einem Kopfnicken.
„Vor einigen Jahren wäre dies eine große Veränderung gewesen. Heute ist dies eine Notwendigkeit. Sieh, diese Nacht. Ich kann mir immer noch nicht vorstellen dass wir hier sind. Im sommerlichen Dasein von Paris. Die lauen Lüfte...Mein Freund, ich fühle mich wohl hier".
Ich beobachtete die blonde Frau, die am Tisch ganz hinten in der Ecke saß. Ich kannte sie. Sie war mir sehr vertraut, doch wusste ich nicht mehr so recht, von wo ich dieses ausdrucksstarke Gesicht her kannte. Ihre weichen Züge, die genau definierten Lippenkonturen. Es musste eine gewisse Zeit gedauert haben, bis mir die Vergangenheit wieder vor Augen war.
Ja, das war es! Nun wusste ich es. Es war damals, als ich in Toronto gewesen war. Ich saß unten in der Lounge des Restaurants und sie gesellte sich zu mir und wir sprachen über das damals stattgefundene Turnier.
Wir redeten in die Nacht hinein. Über die Menschen, den Saal, die Schönheit von Kirchen und über Torbögen.
Wir sprachen über Thailand, über die geschwätzigen Menschen, die laut und tobend in den Straßen waren, nichtwissend von besinnlichen Momenten,

in denen Zeit keine Rolle zu spielen schien. Ständiges Gerede über irgendwelche Dinge.
Ich konnte mich noch ganz gut an sie erinnern.
Wie kam sie nach Paris? Was tat sie hier?
Dort saß sie, nun wieder ihren samtglatten Hals edel entblößt, den der dünne Seidenschal nicht überdecken konnte und die zarten Linien des Gesichts, umrahmt von blondgelocktem Haar. Ihre stahlblauen Augen, die, weich und doch kraftvoll stark, hinüber zur Seine blickten, wie in einen Traum vertieft. Sie hatte mich nicht gesehen. Sie würde es nicht. Sie war schön. So schön. Greifbar an Edelmut und unbedarft im Gefühl. Unbedarft und klar.

Wir entschieden uns, noch ein wenig Paris zu erkunden und damit erhob Benjamin sich von seinem Stuhl, legte das Geld auf den Tisch, und wartete auf meine Reaktion.
Ein Mädchen mit einem blauen Pulli aus Wolle, die Beine im Schneidersitz zum Körper gezogen, saß auf einer Parkbank an der Seine, bedächtig lesend, ab und zu den Blick hebend, und in den Horizont tauchend. Dann, fast unmerklich eine Hand zum Haar führend, das tief brünett war und in der Mitte gescheitelt, im Nacken fransig auseinandergehend, blickte sie in meine Richtung.
Ihre blauen Augen waren eigenartig traurig, müde, wie ihre Gesamterscheinung und ihr Haar auszudrücken vermag. Manchmal zog sie die Augenbrauen zusammen, als ob sie in strenges Nachdenken verfallen wäre, dann ließ sie des Öfteren das Buch sanft in den Schoß gleiten, schloss die Augen, die

sicherlich gerötet sein mussten und verblieb lange Zeit so, das schmale Gesicht traurig, entfernt, kraftlos in Entspannung entlassend.
Schließlich aber schloss sie gleichsam Buch und Augen.
Ich schaute die Straße hinunter. Dort gingen Leute. Wie Striche wichen sie in die Ferne. Es wandelte sich die Straße in den sich wechselnden Farben der nächtlichen Laternen. So liefen wir langsam in die Nacht hinein, tauchten unter zu später Stunde. In den Alleen blieben wir oft stehen, blickten, fühlten die Nacht. Unbedarft.

Dies aber war Vergeistigung.
Niemals hatte ich so mit Nachdruck gespielt.
Der Rigorismus meinerseits stieß an die Grenze unerbittlicher Züge meines Mentors.
Damals hatte es draußen geschneit. Ehrgeiz floß durch meine Adern. Nie verengten sich die Pupillen meines Mentors, und dies war mir erst sehr spät aufgefallen. Erst dann, als ich mich traute ihm während meines Zuges in die Augen zu sehen. Wie eine große Gestalt blieb sein Schatten an der Wand, übergroß und mächtig.
Nichts konnte uns unterbrechen. Nichts entzweite das gemeinsame geistige Feld, auf dem unsere Züge bemessen wurden. Zwar verstrich die Zeit, zwar tickte die Uhr in der Ferne des Raumes, aber dennoch roch man förmlich die Stille. Unsere Körper, ruhend im gleichen Zimmer. Doch auf einer anderen, nicht sichtbaren Ebene war es unruhiger, denn

dort bestand die Bewegung selbst. Wie ein Sturm vermischten sich unsere Gedanken im Miteinander, im Gegeneinander.
Jeder von uns fühlte das Gegenüber. Man forschte im Geiste des anderen, entmaterialisierte seine Züge, wich auf andere Stufen zurück.
In diesem Gefüge wurde alles still.
Draußen fiel langsam der Schnee. Es dauerte lange, und nach Jahren der geistigen Übung fiel ein König.
Sein König.
Und draußen blieb alles in Stille versenkt.

Ich konnte nicht einschlafen; dachte an Benjamin, an Paris und an meinen Mentor des Geistes.
Sein gefallener König.
Der Nebel war nicht verschwunden. So drehte ich mich im Bett, unruhig, nervös, hin und her.
Die Gegenwart selbst machte mich fühlbar unruhig.
Schließlich wurde mir bewusst, dass Nacht war. Ich hatte die Zeit vergessen und hätte nicht einmal sagen können wie lange ich bereits wach lag. Wie lange ich da lag und dem stummen Nebel zuschaute.
Ich dachte an die Bilder im Schachspielzimmer.
Dachte an Abraham, an Artemis.
Irgendwann bin ich eingeschlafen und träumte.

Ich träumte von einer Landschaft, genauer: einem Berg. Unter dem Berg aber, so träumte ich, befand sich ein See. Dort unter dem Berg lag jahrtausendaltes Wasser, eingeschlossen und verewigt, so als hätte die Natur ihren letzten Schatz für sich selbst aufgespart. Ich wusste nicht, wie ich in diese

Landschaft gelangt war, und eigentlich, so wie mir die Situation im Nachhinein klar wurde, stellte ich mir diese Frage auch nicht. Anfangs noch war ich mir bewusst, dass ich vor dem Berg stand. Wie in einem Vakuum fühlte ich mich. Gefühle, Impressionen strömten in überwältigender Intensität in mich hinein, wie ein Gewebe durchdrang diese Nähe an Größe und Gewaltigkeit mein Dasein; wie laues, wohltönendes Wasser floß die Gegenwart dieses Riesen an Masse und Wirklichkeit in mein Herz, in mein ganzes Antlitz.

So stand unerschütterlich dieses uralte Wesen vor mir, seiend und starr, so fest und verhärtet, und doch lag eine tiefe Sanftheit in dieser Größe. Diese Größe verlieh Barmherzigkeit, Geborgenheit in einer uralten, vorweltlichen Art des Schutzes.

Ich konnte mich erinnern, dass ich zum Himmel blickte. Dort wandelte sich die Zeit in einem Tanz von Gewesensein und Werden. Wie im Zeitraffer flossen die Wolken, treibend und getrieben durch den Himmel in eine Richtung. Wie ein Fluss ergoss sich die Zeit in diese dahinrauschenden Wolken aus Farbe und Masse.

Konturen bildeten sich augenblicklich und vergingen im quellhaften und flüsternden Dahingleiten des Seienden.

Ich hörte Töne, undefinierbare Klänge alter Zeiten. Kein Instrument der Welt hätte einen solch reinen, folgsamen, ergebenen und zugleich leitenden Ton in die Welt hineingebären können. Nichts Menschliches konnte so etwas aus sich heraus erschaffen; nur ein vollendeter Geist konnte diese Reife und

Harmonie zum Ausdruck bringen. In mir gelang das Lauschen.
So erfreute ich mich am Augenblick.
Ich konnte mich erinnern, dass ich unter meinen Füßen nichts spüren konnte, und wendete ich den Blick auf den Boden, so wurde ich mir dessen nicht bewusst, sondern sah immer und überall die im Zeitraffer dahinwehenden Wolkenfetzen...
Das war der Genius der Gnade.
Nach einer Zeit schien es, als wandelte sich die Landschaft, und ich befand mich im Inneren des Berges. Zumindest erschien es mir so. Die Höhle war ziemlich groß, die glänzenden und feuchten Stalagmiten waren in einer jahrtausendalten Ruhe und Beständigkeit mit den Stalaktiten verwachsen und verschmolzen und bildeten ein steinernes Gewebe aus vereinendem Halten und Stützen.
In diesem Traum wurde ich mir all dessen gewahr. Bewusst nahm ich nun diese Tiefe in mich auf, begierig, sie nie mehr loszulassen, sie ewig zu begreifen, um mich daran zu erfreuen, meinen Geist damit aufzubauen, mein Herz am Klange dieses augenscheinlichen ewigen Seins zu begeistern.
Doch ich wusste plötzlich, dass gerade dies das gesamte Gebilde zum Einstürzen bringen würde, und ich ließ alles, was ich sah los, im Einverständnis mit dem Berg und der Höhle. Als ich dies tat, merkte ich, wie sich alles Dunkle in mir auflöste, wie es wie große Tränen aus mir herausfloß.
So stand ich in dieser Höhle, in dessen Mitte ein See lag und den die Salzsteingebilde wie ein königliches

Gewölbe, wie von Künstlerhand erschaffen, überragte und verschloss.
Das Wasser war beleuchtet, so wie alles in diesem Raum, doch ich erkannte keine ersichtliche Quelle eines solchen Lichtes. Dies war die Heilung des augenblicklichen Etwas. Es gab keine Herkunft des Lichts, keine physikalische Deszendenz. Wie eine Aureole glitt es durch die Höhle. An der Decke der Höhle spiegelte sich das Wasser, das sich nur manchmal zu bewegen schien.
Eine geistige Anmut lag in diesem Wasser, das von Stille erfüllt war. Diese Höhle war traumhaft.
Aus der Dunkelheit des gegenüberliegenden Ufers trat plötzlich eine Gestalt in den Vordergrund. Die Töne des Wassers veränderten sich, als diese wohlgestaltete Figur sich deutlicher vom Hintergrund löste.
Ich hörte eine Stimme, fühlte einen starken Sog, fühlte kaum mehr den steinigen Boden unter meinen Füßen. Schwach fühlte sich mein Körper an....
So verließ ich den Traum. So verließ der Traum meinen Geist.

Ich hörte den Wind draußen wieder deutlicher. Die Uhr tickte in ihrem monotonen Rhythmus.
Längst waren, wie mir schien, hunderte von Stunden vergangen. Vergangen waren die meisten Dinge der Welt. Frau Espíritu war nicht da. Ich war mir dieser Sicherheit zu dem Zeitpunkt bewusst. Die Nacht wollte nicht enden. Und über allem thronte die Ruhe einer ungleichen Stunde.

Der Wind legte sich nicht. Wie ein eindringliches Wesen legte er sich über das Gebäude.
Plötzlich wurde alles still. Und ich schlief wohl ein.
Am Morgen hatte ich Probleme aus einem eigenartigen Traum zu erwachen. Minutenlang lag ich regungslos, und wusste nicht, wo genau ich war. War ich in Paris?
War Benjamin gestern mit mir nahe der Seine spazieren gegangen?
Dann wurde mir alles klarer.
Der Sturm.
Der Traum.
Der andere Traum mit dem Berg und dem See.
Ich lag immer noch regungslos. Ich blinzelte und fast, als ob das Bett mich unangenehm an den Tod erinnerte, fasste ich den wagemutigen Entschluss endlich aufzustehen. Aber mein Körper gehorchte mir nicht. Mir wurde etwas eigenartig zumute. Meine Augen liessen sich nur mit großer Mühe öffnen. Wie Blei fühlten sich meine Beine an. Meine Hände fühlte ich nicht.
Meine Verfassung war etwas misslich. Ich lag im Bett, wie eine verlegte Maske, wie eine vergessene Puppe, die niemals mehr aufgehoben wurde, und dalag, wie hingeworfen ins dahingleitende Leben.
Ich war erstaunt, wie kraftvoll und unnachgiebig der Sturm gewesen war. Nun war alles still.
Noch war alles still. Es musste früh am Morgen gewesen sein. Vielleicht war ich deshalb so müde und träge, so wächsern wie ein Puppe. Aber ich wusste es nicht so genau. Und je mehr ich darüber

nachdachte, umso seltsamer wurde mir dieser Umstand. Ein Gefühl der Ratlosigkeit stieg in mir auf.

Nachdem ich mich rasiert und meinen Anzug angezogen und die Krawatte gerichtet hatte, blieb ich im Flur stehen.
Sollte ich in die Bibliothek gehen? In das dunkle Zimmer mit dem Schachspiel?
Ich ging zurück ins Schlafzimmer, betrachtete mich im großen Wandspiegel.
In der Bibliothek aber war alles still. Es kam mir so vor, als hätte seit Jahrzehnten niemand einen Schritt in diesen bezeichnenden Raum getan. Unverkennbar ruhte dieser Raum, wie schlafend, in einem neuen Morgen. Der Nebel der Nacht, der unruhig und unangenehm um das große Haus geschlichen war, der die Nacht selbst heimgesucht hatte, war inzwischen verflogen. Und doch waren nicht alle Zeichen dieser Nacht vergangen, denn verwandelt war nun der Morgennebel, ruhig, wartend, in den nahegelegenen Feldern und Tälern aufgekommen. Er blieb, unnachgiebig und rigoros in der Landschaft.
Ich blickte durch die großen Fenster, als ich nach langem Überlegen und Zögern in das Zimmer eingetreten war.
Wie aus einem Traum herausgerissen, zuckte mein Körper zusammen, als das Telefon klingelte.
Langsam begab ich mich in den Flur, unschlüssig und eigenartig berührt durch diesen schrillen Ton am ruhigen Morgen. Ich führte den Hörer an mein Ohr.

So kam es also, dass man mich nach London eingeladen hatte. Man hatte mir ein Angebot gemacht, dort, in Englands Hauptstadt an einem wichtigen Schachturnier teilzunehmen. Mr. Corso, der mir an diesem Morgen angerufen hatte, bat mich an diesem Spiel mitzuwirken.
Ich kannte ihn von früher. Aber nur schwach konnte ich mich daran erinnern, dass er ein Freund, oder besser: Ein Bekannter meines Mentors gewesen war.
Doch die Vergangenheit ruhte; wie ein Schleier war sie in meinem Geist emporgestiegen, undurchsichtig, unklar.
Damals wohnten wir einem wichtigen Spiel bei und mein Mentor wollte, dass ich die Züge gedanklich vorspielen sollte. Ein Gedankentraining. Wie so oft in den letzten Monaten meiner Schülerschaft.
Mr. Corso war ein reicher Mann. Anders als viele, die damals in diesen gehobenen Kreisen verkehrten, war er kein Neureicher. Nicht Spekulationen haben seinen Weg zum Reichtum geebnet, sondern seine Abstammung hatte ihm dieses Schicksal in die Wiege gelegt. Natürlich konnte er auch von den angelegten Aktien profitieren. Das war damals. Er hatte sich ein Anwesen gekauft. Niemand wusste, was er dort tat.
Ich hatte das irgendwo gelesen oder jemand musste es mir einmal gesagt haben.
Wie kam er auf mich?
Warum hatte er mich angerufen?

War es eine Irreführung? War diese Einladung ein Vorwand mir etwas Anderes mitzuteilen? Fraglich war sein Anruf, und je länger es dauerte, desto unglaubwürdiger, ja, unwirklicher wurde dieser Anruf.
Ich stand wieder in dem dunklen Zimmer. Stumm wachte die Bibliothek über die Gedanken, die ungesagten und stummen.
War ich diesen Weg gegangen? Hatten meine Füße den Flur betreten? In mir war ein Zwiespalt, eine Bedrängnis, fast wusste ich nicht mehr, ob ich lachen sollte oder weinen.
Ich nahm mir ein Buch aus der Bibliothek -und las wahllos in den Seiten, die sich mir präsentierten.

In einigen Tagen sollte ich dort eintreffen. So musste ich bereits heute meine Reise vorbereiten.

Ich wusste damals nicht, was auf mich zukommen sollte. Es war ein grässliches Gefühl.
Ich war unruhig, überspannt. Vor allem war ich müde. Ein grässliches Gefühl.
Draußen ruhte immer noch der Morgenschatten des Nebels.
Meine Hände strichen über das Buch, legte es beiseite.
Das Schachspiel stand wartend und fragend auf dem Tisch. Ich beugte mich über die Figuren. Keine Abfolge von Gedanken wurden geführt. Niemand sprach. Alles war ruhig. Still standen die Figuren. Wartend.
Ich bewegte meine Hand. Ein Turm fiel.

Hörte den Aufprall auf dem Holzbrett.
Hörte das Fallen.
Das Unweigerliche.
So verließ ich das Zimmer.

Kapitel 3: Weggefährten

Das turmhafte Dasein eines sehr reichen Mannes, der stets sehr auf sein Äußeres geachtet hatte, würde irgendwann an jenem Nachmittag vor mir stehen, mich mit nobler Stirn anblicken und äußerst galant würde er mich mit einem kräftigen Handschlag begrüßen.
Ich wollte mir diese Details eigentlich gar nicht vorstellen. Und trotzdem ertappte ich mich immer wieder dabei, wie ich mir diese Situation ausmalte.
Wahrscheinlich lebte er ein schönes Leben. Mit einem solchen Reichtum? Draußen lockte der Nebel, doch vorbei war die letzte Nacht; wie eine schwache Erinnerung trug sie noch ihren Namen, der langsam im lauten Hier und Jetzt erlosch.
Dieser Zug war zweifellos ein recht schneller Zug. Das Geräusch aber ließ mich müde werden und da ich, um dieser eigenartigen Reisekrankheit vorzubeugen, ein paar Bücher eingepackt hatte, ließ ich mich nicht darauf ein, irgendwann einzuschlafen. So erhob ich mich und zerrte meinen Koffer aus dem Gestell, das über meinem Kopf hing.
Ratlos versuchte ich, den Koffer zu öffnen, und es schien, als wolle er sich nicht öffnen lassen.
Nach einigen Versuchen war es mir dann doch geglückt und nach einem kurzen Gedanken, entschied ich mich dann dafür, den Koffer während der nächsten Stunden neben mir auf dem Platz zu deponieren. Es würde wohl keiner hinzusteigen. Ich war ja auch alleine in meinem Abteil und das gab mir die Gelegenheit mich etwas zu entspannen.

Nach einer Zeit ergriff der Schlaf von mir Besitz und mit Mühe, versuchte ich das Zischen und das rhythmische Geräusch der Lokomotive irgendwie zu verdrängen.
Seltsam dass es hier noch Lokomotiven gab…
Unschlüssig ließ ich meine Augenlider zufallen, und trotz allem Wünschen und Drängen gegen diese Macht der Natur ankämpfen zu wollen, stieg in mir die große und gewaltige Neigung auf, meine Augen für ein paar Minuten zu schließen, um sie dann erfrischt und munter wieder zu öffnen. Dabei wusste ich doch aber genau, dass, einmal geschlossen, das Gelüst nach Schlaf (und besonders in einem fahrenden Zug!) Überhand nehmen würde.
Verschämt rückte ich ein wenig näher an das Fenster und stützte meinen Kopf auf meine linke Hand, und da ich immer wieder abrutschte (was mich dann doch etwas ärgerte!), zog ich meine Jacke aus und legte sie zwischen Hand und Kopf.
In dieser Mulde aus besänftigenden Geräuschen der Lok, dem ruhigen Dahingleiten meines Atems und der Weichheit der Jacke wurde ich bald so unersättlich müde, dass ich wohl nach kurzer Zeit eingeschlafen sein musste…

Draußen mussten tausend Wege sein, die mich kreuzten, und bald da und dort, auch wieder verflogen waren im Vorbeirauschen des Zuges.
In meinem Traum aber, den ich dort erlebte, waren diese Wege und Straßen durchaus nicht so, wie in Wirklichkeit. Vor allem waren alle Farben verzerrt,

erschienen Brücken und Gemäuer, so hielten sie sich in den Grundfarben und sobald eine Straße am Horizont aufblitzte, so streckte sie sich mir dunkelblau entgegen und wandelte sich dann in ein Hellgrün.
Auf den Wegen liefen Leute, viele Menschen, und alle trugen sonderbare Hüte und grüßten einander ganz herzlich. Die Atmosphäre war warm und schwül, und ganz und gar einheitlich, so, als ob kein Lüftchen wehen würde oder könnte.

Das Geräusch der ersten Wagen.
Menschengeheul. Einige Kinder, die schrien. Dann eine flüsternde Mutter. Suchende Schritte alter Herren, die ein Abteil suchten. Dann Stille.

Nach einem Halbschlaf zwischen Traum und Wirklichkeit merkte ich, dass draußen ein Wind aufgekommen war.
Nach einer Zeit entkam ich dem Schlaf wieder und blickte in die Landschaft hinein. Der Wind wurde stärker, der Horizont war bereits verdunkelt und dicke graue und schwarze Wolken trieben auf uns zu.
Graue Wolken.
Verzerrt und unrichtig.
Dunkel und kalt.
Ich las etwas in meinem Buch, und schimpfte über die Argumente des Schriftstellers. Ich schloss das Buch.
Ich erblickte in einem Rausch von Bildern in schläfrigem Zustand die Striche in der Dunkelheit.

Merkwürdig, dass alles, wenn es dunkel wurde, so unscheinbar wird, so abstrakt und eingrenzend.
An den Grenzlinien erschienen plötzlich Tangentenlinien, die wie lange Gabeln an uns vorbeihuschten, fliehend zogen Schatten an uns vorbei und seit einer Zeit stachen Silhouetten in den Himmel, der sich düster und schwer auf die Erde legte. Umrisshaft entstanden vor uns die Lichter der weiter entfernten Stadt. Ob dies London wäre, so fragte ich mich, doch ohne weiter darauf eine Antwort zu suchen, versuchte ich, die an mir vorbeiziehenden Pfähle zu zählen.
Nach einer gewissen Zeit wurde ich dieser Sache etwas überdrüssig und mein Geist verlangte nach etwas Neuem.
Ich zog mein Taschenschachspiel hervor und stellte es auf den Sitzplatz, mir gegenüber.
So richtig wie in einem ruhigen Zimmer war das doch allemal nicht. Die Figuren, die wie brüchige, alte Konturen auf dem Brett standen, wirkten so anders, irgendwie kraftlos und doch ermahnend.
Ich dachte daran, das ganze Spiel wieder zusammenzupacken und wieder in dem Koffer zu verstauen, aber damit wäre der Tatsache, dass die Figuren so eigenartig anmuteten, nicht geholfen.
Dabei ging es doch auch nur um ein Schachspiel, um ein simples Taschenschachspiel.
Fast so, als wäre diese Sache vorbestimmt gewesen, fing ich an zu spielen. Zug um Zug. Es war wie eine Gewöhnung, die aus dem Inneren ihre subtilen Fäden zu ziehen wusste, um sie dann langsam aber planvoll, listig und vorbedacht um die Seele zu

legen und sie so, sicher aber ganz gemächlich daran zugrunde gehen zu lassen.

Es war wie ein dunkles Verfallensein, mit all seinen Tücken und Freuden, mit einer tiefen Besessenheit an geistiger Überlegenheit. Daran aber erfreute man sich schließlich kaum mehr.

Das war ein gänzlich strukturiertes Ganzes, wie ein Ding, in dem Leben steckt, wie ein Ordnungsprinzip mit lebendigem Kern, mit Intelligenz genährt, von bedachten Zügen gekrönt und abgeschlossen!

Draußen sah ich die Bäume vorbeirasen, und ich dachte an die bevorstehende Beendung dieser doch recht geistig beschwerlichen und mühsamen Reise.

Energisch wusste ich aber jetzt auch um die Dringlichkeit, dieses Spiel beenden zu können. Da ich nicht genau wusste, wann der Zug sein Reiseziel erreichen würde, so wusste ich auch dementsprechend nicht, wie viel Zeit mir bleiben würde, die restlichen Züge auf beiden Seiten vollziehen zu können. Es gab noch einige Elemente, die nicht gelöst waren, und damit sollte das Spiel ein Torso bleiben.

Mit Ergriffenheit hatte ich diese Reise durchlebt, und meine Gedanken kreisten nunmehr vor allem um Mr. Corso.

Ob er einige Zuhörer eingeladen hatte? Beteiligten sich einige Anwesende stumm im Geiste? Oder gab es Mitspieler, die einander gegenübertraten?

Ich wusste plötzlich nicht mehr so recht, ob ich lieber gegen mich selbst spielen würde oder gegen solche Schachspieler, die bekümmert und pseudo-gedanklich über dem Spiel gebückt einige ziellose Züge auszuführen gewillt waren.

Das sollte geistige Übersteigerung sein.
Der Springer fiel durch einen geschickten Weg der Königin.
Man war angekommen. Ich musste aussteigen.

Ein Chauffeur, der von Mr. Corso geschickt wurde, hielt nach mir Ausschau. Ich wechselte einige Worte mit ihm, bemerkte dann aber, dass er ziemlich wortkarg war und unterließ es, diesen Versuch weiter zu verfolgen.
Unsinniges sollte man nicht zu sehr locken.
So war ich also in London.
Die Reise in Begleitung eines Chauffeurs war dann auch bald vorbei. Wir waren etwas außerhalb Londons.
Ich stieg aus.
Es war dunkel. Immer noch.
Ich wusste nicht recht, wie lange ich jetzt schon im Zug gefahren war, und ich konnte mich auch nicht so recht daran erinnern, wie lange ich in diesem Auto gesessen hatte. Es schien aber so, als ob man mich bereits erwartet hatte.
Mit einer etwas ungelenken Handbewegung deutete der Chauffeur auf das große Anwesen, so als ob ich nun schleunigst dorthin gehen müsste.

Dies war Mr. Corsos Haus.

Mächtig ragte es aus dem Dunkel aus Pinien und Tannen, die das Haus wie eine schützende Hand umhüllten. Es war ein sehr altes Gebäude, mit vielen

Lichtern. Außen wie innen erhellt. Irgendwo bellte ein Hund. Grillen zirpten und während ich den langen Alleenweg zum Haus ging, wurde der Wind wieder etwas kräftiger.
Der Chauffeur war, als ich mich zur Versicherung umdrehte, bereits verschwunden. Die Sterne funkelten am Himmel. Die Wolken waren fast verschwunden. Ruhig, in luzides Licht gehüllt, blütenweiß und klar. Die Familie war wohl bereits seit einigen Generationen im Besitz dieses Anwesens. Herrschend, jupiterhaft fiel das Licht der Fenster in den Raum hinein.
Etwas unbeteiligt ging ich durch die Allee, Kies knirschte unter meinen Füßen.
Ich musste an Schnee denken. Es war kalt.
Wie Handlinien durchzogen jahrhundertalte Risse das Domizil. Verwinkelt, klar und streng.
Ich betrat die Stufen, hob die Hand zum Klopfen.

Die Tür öffnete sich, das Licht drängte nach außen.

Ein hagerer, aber gutgebauter Mann empfing mich, mit hervorgestreckter Hand.
„Bitte, kommen Sie herein". Mit diesen Worten bat er mich, einzutreten.
„Wie war Ihre Reise? Ich hoffe doch wohl, dass sie angenehm war. Indessen hat man in diesem Haus ein Mahl vorbereitet. Ich hoffe doch, dass Sie etwas Appetit mitgebracht haben?". Wartend blickten seine Augen mich an.
Ich nickte.

Seine glühenden, grauen Augen. Übervoll an Wort und ungezähmter Gier nach Wissen.
Ein großer Spieler.
Zusammen betraten wir den großen Speisesaal der mit teuren, persischen Wandteppichen geschmückt war. Alte Gemälde hingen an den restlichen Wänden. Die Bodenbeläge waren in purpurnen Prunk gehüllt. Der lange Tisch und die aus Edelholz gefertigte Treppe wirkten besonders üppig. Er sprach mit einer Stimme, die wie Stahl war und redete über die alten Zeiten, die Gegner, die er alle besiegt hatte.
Ein großes, goldenes Amulett mit einem sehr seltenen und wunderschön bearbeiteten Stein schmückte seine Brust, das an einer langen Kette hing. Sein Anzug war dezent und streng, ganz wie er selbst.
Hellseherisch sprach er über die Welt. Über Gott.
Ich betrachtete den Raum, und mit meinen Fingern strich ich über den Tisch.
Erst jetzt, im flackernden Licht der Kerzen, die den ganzen Raum schmückten, merkte ich, dass sein Haar bereits ein wenig ergraut war.
Etwas unsicher bemerkte ich, dass dieses Anwesen mir gefiele. Worauf er antwortete:
„Mein lieber Fabrice, Sie haben den Kunstgarten hinter dem Haus noch nicht gesehen. Ich muß sagen, in aller Bescheidenheit natürlich, dass der Gärtner dieses Jahr eine besonders gute Arbeit geleistet hatte. Sehr zuverlässig."
Ich betrachtete gerade eine alte Vase, als er dies sagte, und ich fragte ihn, ob er dies alles selbst so hergerichtet hatte. Natürlich wusste ich, dass es nicht so sein konnte, aber ich fragte trotzdem.

Mit einer abschüttelnden Bewegung seiner Hand und herabgezogenen Mundwinkeln sagte er:
„Aber nein, meine Bediensteten haben sich die Mühe gemacht. Recht zuverlässig, recht zuverlässig!"
Ich schaute ihn an, und er sah so aus, als erwartete er eine andere Frage.
Ich schwieg.
„Ihr Haus erinnert mich irgwendwie an Hardwick Hall" sagte ich dann.
„Ahhhhhhh, sehr gut, sehr gut erkannt. Nun, es ähnelt diesem Baukörper jedenfalls. Aber sehen Sie, es gibt durchaus einige wichtige Unterschiede. Die Tendenz, das Dach auszulassen in der Gesamterscheinung, wurde etwas hervorgehoben. So ist es flächiger und eine Balustrade ziert das Werk."
-„Ah ja" sagte ich kurz.
Dann deutete er mit einer milden, fast weichen Gestik zur Decke.
-„Das fand man aber bereits im Tudorstil, mein verehrter Freund."
-„Das ist künstlerisch sehr anspruchsvoll" sagte ich etwas hilflos.

Er schien nun zufrieden. Seine wilden, unruhigen Augen suchten ständig nach neuen Fixpunkten, und überdeutlich spiegelte sich in ihnen das Licht der Kerzen.
Nach einer Weile fragte ich ihn, ob er alleine hier wohne, da ich kein Anzeichen von anderen Menschen bemerken konnte.

Mit einem Lächeln und einer Entspannung seiner fast stets angehobenen schwarzgrauen buschigen Augenbrauen, verneinte er dies.
Fast glaubte ich, es wäre eine törichte Frage gewesen.
„Meine Tochter ist bei mir; und eben die Bediensteten!"
Ich betrachtete ihn und meinte dann aber, dass ich dort bloß den Chauffeur gesehen hatte und niemanden sonst.
Er sagt mir dann beschwichtigend, dass das mal vorkommen würde, die Bediensteten wären derart leise, dass man fast vergessen würde, dass sie überhaupt da seien.
Das wäre aber bloß Zufall.
Das ganze Haus würde doch von Menschen wimmeln. Dann lachte er.
Halbwegs neugierig erkundigte ich mich über seine angebliche Tochter, wobei er dann hinzufügte, dass sie wohl noch im Atelier wäre.
Mich verwirrte das Ganze und fragte nach dem Zweck eines Ateliers, und was man sich den darunter vorzustellen hätte.
Er blieb stehen, verschränkte seine Hände hinter seinem Rücken und mit seiner kalten Stimme sagte er: „Nun, meine Tochter ist Künstlerin. Sie ist eine `sculpteuse` wie die Pariser Akademie zu sagen pflegt. Aber sie hat jetzt das Atelier bezogen, das man ihr hier eingerichtet hat. Manchmal ist sie dann hier. Das merke ich dann oft gar nicht, weil ich öfters unterwegs bin. Aber das Haus ist ja groß."

Ich fragte, ob sie uns denn auch mit ihrer Präsenz beehren würde.
Er bejahte meine Frage und fügte hinzu, dass sie eine Zeitlang in Paris studiert hatte, und dann auch in Montpellier. Nach Florenz und Mailand wäre sie auch gezogen. Aber nur für ein halbes Jahr jeweils.
Ich wurde neugierig und dachte an Paris. An Benjamin.
Ich fühlte mich dann doch wieder etwas verloren.
Inzwischen wies er mir gnädig einen Platz zu.
Mit einem sehr bestimmten „Setzen Sie sich", deutete er auf einen Stuhl.
Die zwei Stühle auf der gegenüberliegenden Seite waren wohl für Mr. Corso und seine Tochter reserviert.

Die Unbekannte, die Geheimnisvolle.

Ich fragte ihn, was er denn in den letzten Jahren so gemacht hätte. Er lachte kurz auf, räusperte sich dann und ich dachte bereits, dass dies eine seltsame Frage gewesen war, so, als ob man nicht sehen könnte, dass er arbeiten würde.
„Ach, Fabrice, sagte er lächelnd, ich tue dieses und jenes; viele Leute arbeiten jetzt für mich. Es ist alles eine Frage der Organisation. Investmentbranche. Floriert im Moment ganz gut."
Der dicke goldene Siegelring an seinem rechten Mittelfinger funkelte im Licht der Kandelaber.
„Wundern Sie sich nicht, mein Freund. Sondern genießen Sie es." Dann lachte er wieder.

Es hatte immer noch etwas Geheimnisvolles, dieses Haus. Ich dachte an die vielen anderen Zimmer, und stellte sie mir vor. Wie würden sie wohl aussehen? Doch ich konnte kein recht konkretes Bild in meinem Geist entstehen lassen. Alles war so eigenartig, verformt, als ob in einer verschmelzenden Gebärde alles in sich selbst ruhen würde.
Lange Zeit war alles still. Ein Bediensteter betrat das Zimmer. Mit einem flüchtigen Blick, als ob man ihn nicht sehen dürfte, streifte er Mr. Corsos Blick. Dieser nickte und der Bedienstete schlich wieder zurück, nachdem er das Tablett behutsam hingestellt hatte und brachte noch andere Tabletts mit hergerichtetem Essen.
Nach und nach füllte sich der Tisch mit Nahrung.
Ich war dennoch erstaunt, dass kein Hungergefühl zu spüren war und ich führte es darauf zurück, dass die Reise wohl doch anstrengender gewesen war, als ich anfangs dachte.

Dann hörte ich Schritte. Mein Pulsschlag erhöhte sich.

Eine anmutige Gestalt, mit einem breiten hellblauen Schal um ihre Schultern gelegt, kam in den Raum.

Ihre großen Augen: Dunkel und voller Tiefe, doch zugleich sanft und wundersam.
Sie lächelte und nickte zum Gruß.
Sie betörte mich.

4: Wandel der Nacht

Ich erhob mich und gab ihr einen Handkuss. Flüchtig konnte ich ihr Parfum riechen. Süß und holzig.
Ich blickte sie an und im Schein der Kerzen färbten sich ihre Wangen sanft rosafarben.
Dann sagte sie:
„Seien Sie in unserem Haus willkommen, Fabrice. Mein Name ist Noë. Wir freuen uns, dass Sie uns besuchen und diesen beschwerlichen und vor allem langen Weg auf sich genommen haben. Mein Vater hat bereits viel von Ihnen erzählt."

Ich war erstaunt. Zugleich beschämt.
Ihre Stimme klang so unirdisch. Ihr Schal war ein wenig verrutscht, als sie Platz genommen hatte.
Ihre linke Schulter: Hingebungsvoll und elfenbeinfarbig im Licht der Kerzen.
„Nun denn, worauf warten wir?" sagte Mr. Corso.
Wie von sehr weit und tief aus dem Raum, quollen die Worte hervor, langsam und schleichend.
Man aß.
Es wurden zwei Flaschen Wein getrunken. Doch das Essen verlief sehr ruhig. Blicke wurden gewechselt.
Mr. Corso bemerkte, dass seine Tochter mir sehr viel mehr Aufmerksamkeit schenkte als ihm.
Das Mahl aber war hervorragend und köstlich. Ein Vorgarten der Lust. Still blieb es im Raum. Man hörte nur das Klirren und Scharren des Geschirrs.

Nach dem Essen erhoben wir uns alle, denn Mr. Corso wollte mir noch seine Regale zeigen, in denen er seine Kunstsammlung aufgestellt hatte. Obwohl ich kein rechtes Interesse dafür aufbringen konnte, außer für Malerei und Vasen, war er doch ganz konzentriert und unnachgiebig, mir jedes Einzelstück ausführlich zu erklären.

Unnahbar ihre Lippen. Glänzend und fruchtig.
Ihre Halsmuskeln traten sanft hervor, als sie sprach. Manchmal lächelte sie und ich spürte ihren Blick, der auf mir lag.
So stand sie neben mir und betrachtete die von Mr. Corso erklärten Stücke. Nebenbei und wie ungültig.
Nach einer Stunde Gedankenaustausch und einer netten Plauderei bei Tisch mit einem weiteren alten, guten und schweren Wein, verlief die Konversation in einer gewissen Müdigkeit des Raumes.

Mr. Corso gestand, dass er nun müde wäre, und sich würde zurückziehen wollen. Er hätte morgen noch einen wichtigen Termin und müsste bereits sehr früh aufstehen.
Er bat um Verzeihung für diese nicht gastfreundliche Geste, aber er würde wissen, dass wir ihn verstehen würden.
Sein graues Haupthaar im Licht. Sein Siegelring.
Er schüttelte mir die Hand und sagte, man hätte mein Zimmer bereits zur Nacht hergerichtet.
Der nun Schattenlose barg sich tief in die Dunkelheit zurück. Dann die Worte: „Danke für Ihren Besuch. Noë wird Sie nun jeden Tag begleiten."

Lange Zeit war es still. Der Wind heulte stärker. Man glaubte, ihn zu spüren, wie auf nackter Haut.
Noë, die bis jetzt im Hintergrund stand, trat an meine Seite. Das Collier, das sie um ihren schlanken Hals trug, blitzte auf.
Ich sah sie spiegelnd im Fenster hinter mir stehen.
Auch sie blickte mich an.
Es wurde still. Mr. Corso war gegangen. Nur die Kerzen flackerten in der Nacht des Sturms. Es war bereits tiefe Nacht. Die Dunkelheit brachte Raum und zeitloses Dahingehen in Einklang. Denn alles ruhte, wartend und so verharrten wir, wie die letzten zwei Wächter eines Tages.
Wir redeten noch ein wenig, blieben jedoch beim hohen Fenster stehen.
Draußen heulten Hunde oder Wölfe und ich wurde unruhig.

Noës Zimmer war schön und warm.
Nichts in diesem Zimmer war Widerspruch, jede Farbe, jeder Tupfer, und jeder Gegenstand fügte sich zu einem Ganzen. In keinem Ding lag Gegendruck oder Weigerung an Dasein. Das natürlich belassene Sosein der Dinge war wie ein wiederholtes Vereinen in einer Unteilbarkeit.
Würde ein Teil genommen, wäre etwas herausgerissen, wie aus einem Gemälde.
Wir redeten über Paris, über London.
Die abendlichen Straßen und die Museen.
Das Zimmer.
Hier ruhten die Farben in einer langsamen Bewegung der Zeit. Hier war Schönheit und Harmonie.

Zart berührte sie mit ihren langen wohlgeformten Fingern meine Schultern. Diese schönen Hände, konisch fein. Wie griechische Statuenhände.
Sie flüsterte mir etwas zu. Undeutlich vernahm ich ihre Stimme.
Diese Kupidität in ihren hauchfein geschminkten Augen.
Ich atmete den Duft von Sandelholz und Myrrhe.
Dann ihre Berührung.
Dame und König.
Endlose Bewegungen des Geistes in faunischer Stimmung, im Wechsel von Licht und Schatten, ein Spiel geformt aus tausend Stunden des Sinnenrausches.
Ihre Lippen an meinem Hals. Meine Finger, die langsam über den formvollendeten Rücken hinuntergeglitten sind. Stunden im Übermaß an Sinnlichkeit und Freude.
So standen wir in der Mitte des Raumes, einander berührend, spürend, stundenlos und frei.
Ihr Rücken, gestreckt und über den Schulterblättern in Schatten geworfen, tanzte, bewegte sich zu den Takten der betörenden Musik. Geruch und Parfum. Lieblich und fein, fast unmerklich den geheimen Duft verströmend.
Wissend und klar. Ihre Silhouette im klaren Licht des Mondscheins.
Das verformte Kissen, die leichte Neigung der Seide unter dem Körper und im Spiel samtener Farbveränderungen.
Unbändiges, vollzogenes, bewusstes Sein, ausgereift, in Stunden der Besinnlichkeit einer Nacht.

Ihr langes, schwarzes Haar, in kurvigen Formen, ausgebreitet auf dem seidenen Gelage substantieller Geistigkeit.
Dies war Lieben und Geliebtwerden.

Teil 2

5: Die Ruinenrunde

Acht Monate später waren wir in Schottland. Es war September. Benjamin und ich. Bereits lange bevor wir diese Reise angetreten hatten, war dieser Entschluss gefasst. Wir wählten uns eine ganz bestimmte Route aus. Dorthin würden wir dann mit einem gemieteten Wagen hinfahren. Es ging uns vor allem um eine Ruine nahe eines kleinen, verschlafenen Dorfes. Diese Ruinen, so sagte man, waren damals vor einigen hundert Jahren von Magiern (oder Tempelrittern) bewohnt. Ich wusste es nicht so genau. Früher, genau an dieser Stelle hätte man einen Weg gefunden, der zu dieser Stelle führte, an der später eine Burg oder so gestanden hatte. Auf jeden Fall waren es damals, als wir dort ankamen nur Ruinen.
Diese Stelle war, bevor die Burg darauf erbaut worden war, einer uralten Legende nach, ein mystischer Platz. Dort hatten Druiden ihre Versammlungen abgehalten und dort wurden auch eigenartige Zeremonien durchgeführt und Einweihungen in höhere Grade des Druidentums.
So, oder so ähnlich, hatte man es uns erzählt. Wir hatten viele Bücher darüber gelesen aber keines konnte uns wahrhaftige Informationen liefern über den wirklichen Ursprung und über die tiefere Bedeutung dieser Stelle und dieser Ruinen. Es machte uns zumindest neugierig.
Aber Neugier ist bekanntlich ein geringer Beweggrund.
Interesse wäre da wohl angebrachter.

Wir fuhren über wenig befahrene Straßen, die zu den Seiten hin ein wenig abfielen und sehr eng gebaut waren. Es war bereits später Nachmittag, als wir auf der Straße fuhren, die uns an unseren angestrebten Ort bringen sollte und Benjamin etwas zweifelnd in den Rückspiegel blickte.
Je dunkler es wurde, desto unruhiger wurden wir und unsere Bedenken erhärteten sich zusehends.
Wir versuchten, es uns gegenseitig nicht anmerken zu lassen und als es auf dieser langen, monoton verlaufenden Straße, ohne Weggabelung und Kreuzung anfing zu nieseln, blieben wir stehen und blickten uns an.
„Ich denke nicht, dass wir uns verfahren haben" versicherte ich schnell.
„Seit drei Stunden sind wir an keinem Haus vorbeigekommen, es erscheint mir etwas dubios." meinte Benjamin und schaute, die Stirn runzelnd, in den dunkelgrauen, wolkenverhangenen Himmel.
„Nun, auf jeden Fall sollten wir uns beeilen, denn wir sollten wenigstens noch dieses Nest, dieses Dorf in der Nähe dieser Ruinen aufsuchen. Morgen können wir immer noch zu den Ruinen gehen."
Ich pflichtete ihm bei, ergänzte dann aber:
„Vielleich wird es auch nicht mehr so lange dauern. Laß uns weiterfahren. Es gib nicht viele Straßen in diesem Stück Land."
Ich packte die Karte nochmals aus und versuchte sie zu entfalten.
Nach einigen Minuten erfolglosen Suchens musste ich zugeben, dass diese Straße, auf der wir seit drei Stunden gefahren waren, gar nicht verzeichnet war.

Obwohl, wir waren sicher, die richtige Richtung eingeschlagen zu haben.

Am Horizont sah man nebelig und verwischt einige Hügel. Aber das war seit drei Stunden ohnehin nichts, was uns in helle Begeisterung hätte versetzen können. Hier sah es überall gleich aus und hätte man uns ein Bild von vor zwei Stunden gezeigt, so hätten wir es zeitlich nicht einstufen können.
Alles sah gleich aus. Überall sah man sumpfiges Grün an den Seiten der (wenigstens geteerten) Straße das in der Ferne überall in mühsam wenigen Schattierungen grün blieb. Am Horizont vermischte sich das Grün der Wiesen mit dunkelgrüner und brauner, typisch schottischer Hügellandschaft. Sogar die Übergänge waren undeutlich und verschmiert. Unklar und weich.
Der Regen tat das Übrige. Vor uns erstreckte sich die Straße, weiterhin geteert, aber deckungsgleich mit den letzten Kilometern, die wir hinter uns gebracht hatten.

Wäre es eine gemalte Landschaft gewesen, ich hätte dem Maler Einfallslosigkeit unterstellt.

Wir wollten noch bis Einbruch der Dunkelheit die Ruinen erreichen, oder, wie Benjamin meinte, das Dorf, dessen Name mir nicht einfallen wollte.
Der weitere Weg war beschwerlich, der Nebel verdichtete sich, und der Regen wurde stärker. Nur mühsam konnten wir diesen Weg bewältigen.

Es wurde dunkler und nur das eintönige Geräusch des Motors war zu hören. Wir schwiegen.
Manchmal blickten wir uns an.
Die Landschaft war tatsächlich ein vom Leben ausgetrunkenes, vom Sinn entleertes, aufgebrauchtes Fleckchen Erde. Scheinbar menschenleer und einsam. Zudem extrem unwirtlich und farblos.
Es irritierte mich etwas, dass diese lange Straße nicht irgendwo in unserem Plan verzeichnet worden war. Irgendwo verlief sie im Nichts. Auf dem Plan zumindest.
So fuhren wir also weiter, und es dunkelte immer mehr.

Durch den Schleier des Regens hindurch erkannten wir plötzlich und unerwartet Lichter.
Benjamin frage mich, fast flüsternd, ohne Stimme, ob dies wohl unser Dorf sein würde.
Ich wusste es nicht und gab ihm das zu verstehen.
Als wir im Dorf angekommen waren, das in einer Art Mulde zu ruhen schien, parkten wir den Wagen in irgendeiner sumpfigen Lache und wir merkten, dass es aufgehört hatte zu regnen. Die Luft war feucht und kalt. Kriechend und lauernd.
Ich blickte einen Mann an, der nicht älter war als ich. Er stand neben seinem Pferd und war ganz seltsam vertieft in sein Tun, bürstete das Tier ab, und sprach mit dem Pferd. Dann, als ob das Pferd, dummäugig und zahm, irgendetwas erwidert hätte, lächelte er es an. Dann verzog er sein Gesicht in ein wehmütiges Annehmen der Tatsache, dass er hier

sein elendiges Dasein fristen musste, hier in diesem Dorf, und bürstete weiter.
Es war ein Dorf, durch das man ziehen konnte, auf der Durchreise, wo man zum Essen bleiben konnte, um sich dann schleunigst wieder auf den vorgesehenen Weg zu machen. Aber hier leben?

Leben war hier wie ein Inbegriff von Schuld.

Man wurde hier in dieser Einöde geboren, und man konnte nichts Anderes machen, als halb-verurteilt in diesem Dorf rumzulaufen, die nötigsten Besorgungen zu machen, die Wäsche zu waschen, abends im kalten Wind vor der Türe zu sitzen oder im Gasthaus vor einem Bier. Oder mit den Pferden zu reden, die hier allesamt kränklich und erbärmlich aussahen. So, wie die, die sie einreiten mussten. Sie ähnelten sich im Geiste, und ihr Dasein blieb wirr und vermengt im Schatten des Dorfes. Es konnten nur etwa 20, höchstens 25 Häuser sein.
Gar verächtlich blickte mich dieser Mann mit seinen schwarzen Augen an, als wir vorbeigingen. Dann schüttelte er sein gelocktes Haupthaar, so, als schüttelte er den Gedanken von sich ab, er müsste sich nun mit diesem Bilde anfreunden, das wir in seinem Gedächtnis hinterlassen hatten. So kraulte er den Hals des Pferdes und küsste es und drückte es. Wie angewidert schüttelte das Pferd seinen Kopf und stampfte mit dem linken vorderen Bein ins Gras. Das wiederholte sich noch ein weiteres Mal. Dann ließ er von dem Tier ab.

Etwas verwirrt ging ich neben Benjamin her.

Wir suchten irgendeine Möglichkeit, uns Schutz zu suchen vor dieser kriechenden Kälte.
Wir kehrten im „Scotish horse" ein.
Es war bloß eine kleine Gaststätte, eine Trinkstube für die Einwohner dieses Dorfes. Doch es reichte für uns, denn wir waren ja nur Reisende.
Drinnen saß, so kam es mir vor, das ganze Dorf. Rauchschwaden erfüllten den ganzen Raum. Hölzerne Tische standen an den Ecken und Winkeln der Wirtschaft.
Als wir eintraten, wurde es still und aus hundert Augen schien man uns zu begutachten. Schließlich verlor man das Interesse an uns und sie widmeten sich wieder ihrem Kartenspiel oder ihren Gesprächen.
Es war stickig und warm. Hier war es geläufig abends in diesem Lokal zu sitzen, (das einzige übrigens im ganzen Dorf) und über den Tag zu reden. Tage die sich immer und immer wiederholten, die nichts Neues, nichts Erhebendes erzählen konnten, sondern wo man nur Vergangenes auffrischte und über alte Anekdoten lachen konnte.
So wie die beiden zahnlosen Herren am ersten Tisch neben der Eingangstür.
Weil es nur ein Wirtshaus gab, musste es zugleich Herberge und Speisegaststätte sein, so dachte ich mir.
Nur der Mann hinter der Theke grüßte uns. Ich sah ihn mir an. Aber die Hände! Sie waren klein, fleischig, mit sich selbst ausgrenzenden Fingern an deren Endglied, die wie verstümmelt, fast flink die

Gläser wuschen, um dann, träge geworden, im Ausmaß der Masse, niederzusinken. Dicke aber kleine, unfeine Nägel zersetzten das Gefüge der Hand.
Ein Mann fiel mir auf. Er saß ganz hinten in der Ecke.
Er saß, mit aufgerichtetem Oberkörper auf einem Stuhl, wippte überlegen hin und her und mit stolz erhobenem Kopf blickte er uns an.
Und obwohl er saß und wir standen, wirkte es, als wollte er uns überragen. Freilich wäre er körperlich größer gewesen, wenn er aufgestanden wäre.
Aber dieser Gedanke kam ihm wohl nicht.
Und mit herablassender Miene, hochgezogener Stirn und vorgeschobener Unterlippe schaute er uns an, dann widmete er sich wieder seiner Zeitung, fachmännisch und klug. Bald aber legte er sie rastlos nieder, und wie gestört in seiner Tätigkeit, schaute er uns erneut an.
Selbstgefällig richtete er seine längsgestreifte Weste (später sagte man uns, er würde immer eine Weste tragen!), hüstelte in seine Faust und las wieder.
Der Gasthausinhaber sagte uns, nachdem er diese Szene mit angesehen hatte, dass der junge Mann da vorne am Tisch studiert hätte. Darauf wäre man besonders stolz gewesen zu seiner Zeit.
Nun aber, da er wieder im Dorf verweile und ein Diplom hätte, wäre er der Einzige, der noch stolz darüber wäre. Ich fand das grotesk und musste mir ein Lachen verkneifen. Er hätte schließlich etwas Anderes daraus machen können. Wer wäre sonst aus diesem Dorf herausgekommen? Doch er kam dennoch zurück und nun saß er hier. Man sagte, er hätte

Geschichte studiert. Sein Name war Marc oder Tom oder so ähnlich.

Er wäre gemütskrank, so hieß es. Ständig würde er über Grafschaften reden, vom Mittelalter und von Erben längst vergangener Zeiten.

Ich überlegte.

Dann fragte Benjamin, ob denn ein Doppelzimmer frei wäre, was wohl die billigere Variante sein musste. Der Wirt nickte und reichte uns einen alten Schlüssel mit einem schweren Ziffernanhänger, wobei ersterer im Vergleich lächerlich klein wirkte.

Als wird unsere Tragetaschen aus dem Auto in die Raststätte gebracht hatten, bemühten wir uns, den Wirt in ein Gespräch zu verwickeln. Es gelang nur mühsam und schließlich gaben wir den Versuch auf.

„Hör mal, sagte Benjamin, warum gehen wir nicht noch heute zu den Ruinen. Man wird den Weg wohl jetzt auch noch bis dorthin schaffen. Dann hätten wir den morgigen Tag frei und könnten was Anderes tun. Der alte Turm am Meer würde mich auch interessieren."

Ich schaute ihn an und dachte eine Weile darüber nach.

Die Idee gefiel mir anfangs nicht besonders. Es war bereits dunkel und kalt. Und man konnte sich leicht verirren. Aber vielleicht hatte ich auch nur Angst.

Und so kam es, dass ich den Vorschlag begrüßte und guthieß.

Der Wirt, der anscheinend das Ganze mitangehört hatte, warnte uns, in diesem Wetter nach draußen zu gehen, und wenn doch, dann allemal nicht derart weit. Man könnte nicht unversehrt bleiben. Die

Unwetter hier in dieser Gegend seien gefährlich. Erst letztes Jahr sei ein Mann vom Blitz getroffen worden. Man würde noch heute darüber reden.
Ich blickte zu Benjamin. Er schaute unentwegt in die Richtung eines Mädchens. Sie hatte kurzes schwarzes Haar, dunkle Augen, und Benjamin versuchte Blickkontakt mit ihr aufzunehmen.

Warum hatten alle Leute hier schwarzes Haar?

Ihre Augen erflehten Worte, Sätze. Benjamin redete wieder mit mir und wir gingen nach draußen.
Ich sah, dass ihm dieses Mädchen noch immer im Kopf war und ich versuchte ihn durch allerlei Fragen von dieser Sache abzubringen, was auch immer er dachte.
Der schwarzgelockte Mann von vorhin war verschwunden. Sein Pferd ebenso.
Dann sagte Benjamin:
„Ich denke, diese Frau...dieses Mädchen, wollt mit mir reden. Sie wollte mir etwas sagen, aber sie konnte nicht."
„Warum nicht?" fragte ich, und fühlte, wie meine Lungen ganz kalt wurden von dieser feuchten, sumpfigen Luft.
„Ich weiß nicht. Ihre Mutter war bei ihr. Sie darf wohl nicht mit Fremden reden." sagte er dann resigniert.
Ich glaubte, damit wäre die Konversation beendet gewesen, es sollte aber anders kommen. Wir stiegen auf eine Anhöhe, nachdem wir das Dorf hinter uns gelassen hatten. Es nieselte.

Es war eine von dieser Art Kälte, die, wenn sie einen fest umschlossen hatte, in die Kleider kroch und die Feuchtigkeit dann nicht mehr los wurde.
Die Dunkelheit umrandete das Dorf wie eine Dunstglocke und ermahnte uns schweigend zur Umkehr. Dazu der Nieselregen und die sumpfige Luft.
Ich hörte nur unseren Atem und unsere Schritte im aufgeweichten Boden als wir durch die grünen Wiesen gingen.
Diese Örtlichkeit war wirklich sehr menschenfeindlich.
Einige Male bereitete uns der Weg redliche Mühe und wir kamen nur langsam voran. Benjamin blieb manchmal stehen, wischte sich die Regentropfen aus dem Gesicht und murmelte unverständliche Worte.
Schließlich waren wir angekommen. Von weitem sah man bereits die schattenhaften Konturen der Ruinen. Das dunkle Etwas.
Die Umrisse wurden deutlicher. Mit Moos bewachsen und uralt ragten ruhig und mächtig die Burgreste aus dem Boden. Wie eine Frage oder eine schweigende Gestalt.
Wir gingen um die Ruinen herum, um uns einen Überblick zu verschaffen.

Der Himmel war dunkel, mahnend.

Manchmal öffnete sich der Himmel und hellere Wolken vermischten sich mit der dichten dunklen Wolkendecke. Wie eine Aufforderung, eine

Erinnerung an alte, druidenhafte Tage; eine Bestimmung jahrhundertalter Erinnerung.
Nun aber standen wir beide in unseren dicken aber durchnässten Mänteln unter dem strömenden Regen.
Von weit her hörte man das Grollen des Donners.
Ein Blitz durchzog den Himmel, spaltete das Dunkel der Nacht.
Ein Wind kam auf. Wir waren ergriffen von dieser Schönheit an diesem Platz. Aus welcher Richtung waren wir hergekommen? Überall um uns herum war Nebel; Fetzen von Nebelschwaden umschlossen uns und es wurde dunkler und dunkler. Unsere Haare waren nass, unsere Kleider durchtränkt und es wurde kalt.
„Die Morosität des Schicksals..." sagte Benjamin.
Der Wind pfiff an den Kanten der Ruinen vorbei.
„Ich denke, wir müssen aufbrechen und zurück ins Dorf. Das Wetter wird schlechter." rief ich ihm zu.
Der Wind ermöglichte es kaum mehr zu reden. Ich blinzelte und entfernte mich von den Ruinen. Dann drehte ich mich um. Benjamin war mir nicht gefolgt.
Ich winkte ihn zu mir und schrie.
Donner überschattete meinen Ruf. Mein Dasein.
Der Wind wie ein warnendes Etwas, ein Verkünder des Himmels.
Ich ging weiter in die Dunkelheit hinein.
Ging und merkte: Benjamin folgte mir dann doch.

Ahnend lief ich durch die Nacht.
Schwankend lief ich. Lief, nass und blind.

In der Ferne sah ich die rettenden Lichter des Dorfes. Im Nebel stand plötzlich eine Gestalt mit einer Laterne in der Hand.
Schweigend winkte sie uns zu. Wir näherten uns ihr. Dann erst erkannten wir sie:
Es war das Mädchen aus dem Wirtshaus, von dem Benjamin gesprochen hatte.
Es war kalt und die Laterne schwankte.

Kapitel 6: Nacht und Traum

Ihr Name war Cassandra.
In der Wirtsstube angekommen, war uns sofort danach, unsere Mäntel auszuziehen. Mit etwas missgeschickten Gebärden gelang es uns, sie über einen Hocker zu legen.
„Woher kommt ihr?" fragte das Mädchen, fast flüsternd, mit den braunen Augen.
„Oh, hob Benjamin rasch an, wir kommen aus..."
Dann unterbrach uns ein nicht zu definierender Lärm. Ein Gepolter und dann ein paar dumpfe Worte, die wie Fluchen klang. Es musste wohl der Wirt gewesen sein.
„Wie lange werdet ihr bleiben?" fragte sie wieder. Ihre Augen blitzten auf.
„Nicht lange." sagte ich forsch.
„Was heißt das denn?" fragte sie seltsam monoton.
„Nun, vielleicht eine Nacht, oder zwei" sagte Benjamin.
Er trocknete sich gerade mit einem Tuch seinen Kopf, das auf dem Tresen gelegen hatte.
Dann erst fiel mir auf, dass niemand mehr im Wirtshaus war. Die Rauchschwaden waren verflogen, so, als ob niemals etwas stattgefunden hatte. Und tatsächlich war auch nichts geschehen. Sie waren eben nur gegangen.
„Ihr müsst aufpassen dort draußen" sagte sie schnell und nickte leicht, um ihren Worten Nachdruck zu verleihen.
„Wir müssen sofort telefonieren." sagte ich mit bestimmtem Ton.

„Das geht nicht." sagte Cassandra und es schien, als überlegte sie.
„Aber warum nicht?"
„Oh, wir haben das Telefon nicht finden können. Seit einer Woche nicht mehr."
„Aber wie kann das denn sein?" fragte Benjamin, als er mit etwas trockenerem Kopf plötzlich neben mir stand und mit leerer Stimme hinzufügte:
"Ein Telefon, das kann doch, so meine ich, nicht einfach so verschwinden."
Sie schüttelte den Kopf: „Doch, doch" und zeigte mit dem Finger auf eine weiße Stelle an der Wand, wo vorher wohl ein Gerät gehangen hatte.
„Das ist sehr unerfreulich" sagte Benjamin weiter.
„Aber ein Telegramm kann man doch schicken" sagte ich.
„Nein, das geht nicht. Hier kommt keine Post mehr"
„Aber wie das?" fragte ich.
„Oh, ich weiß nicht. Man hat das so entschieden."
Das fahle Licht einer alten Lampe ließ unsere Körper gespenstig erscheinen. Obwohl dies alles reichlich seltsam anmuten musste, waren wir von den Worten Cassandras überzeugt. Es schien, im Nachhinein, auch wirklich so gewesen zu sein. Dieses Dorf war vergessen worden, in einer Mulde aus Erde und Dreck, umringt von feuchten Wiesen und Nebel.
Es roch nach Zigaretten und Schweiß.
Ich fühlte mich etwas eigenartig. Wahrscheinlich war es die Kälte oder der Hunger gewesen.
Benjamin und Cassandra sprachen noch miteinander, als ich inzwischen etwas unschlüssig im Raum

herumging. Ich konnte mich nicht so recht mit diesem Dorf anfreunden, das so bedrohlich und seltsam auf mich wirkte.
Nach einer gewissen Zeit, zwischen Barhocker, Tisch und einem unsteten elektrischen Summen der Lampe, entschloss ich mich, nach oben zu gehen und unser Zimmer aufzusuchen.
Ich sagte den beiden, die ganz vertieft in ein Gespräch waren, dass ich nun nach oben gehen würde und mir wünschen würde, Benjamin wäre leise, wenn er später folgen würde, denn ich hätte einen leichten Schlaf, (übrigens schwankte das manchmal, denn oft konnte ich sehr gut und fest schlafen!) und er solle doch wirklich leise sein.

Ich ging. Die Treppenstufen waren sehr alt und aus Holz und knarrten unter meinen Füßen. Ich musste Benjamin also doch hören, wenn er nachher kommen würde. Ich war gereizt und nervös. Es gefiel mir einfach nicht. Oben angekommen, tastete ich mich langsam, zögernd und horchend voran.
Man hatte uns gesagt, dass der Schalter oben defekt sei, und man sollte das möglichst entschuldigen. Es sei ihnen selber sehr missfallen. Aber nach einer gewissen Eingewöhnung würde es bestimmt nicht mehr auffallen. Ich musste an diese Worte zurückdenken. Ich fror.
Man würde eine `gewisse Eingewöhnung` benötigen. Es würde Gewohnheit werden, eine Selbstverständlichkeit, fast so, als wäre man erschrocken, wenn plötzlich wieder die Möglichkeit bestände, Licht zu machen. Man würde Geschmack daran

finden, im Dunkeln sein Zimmer aufzusuchen. Gefallen daran finden. Nicht gespielt, sondern wirklich. Man wurde die Stufen heraufkommen und mit freudiger Erregung im Dunkeln tappen und sich darüber freuen, das Zimmer dann doch noch gefunden zu haben. Und das Herz würde höherschlagen.

Im Zimmer blickte ich kurz nach draußen durchs Fenster. Der Regen verwischte die wasserhaften Wiesen, wie dicke dunkelgrüne, moosige Flecken erschienen sie mir, die Wiesen.
Ich sah das Bett, wie helle Schattierungen von Dunkelgrau im Schwarz des Zimmers und versuchte mein Bett herzurichten. Die filzige Decke, obwohl dunkelgrün und weiß, war, nach erneutem Aufstehen und Erfühlen der Deckenlänge, doch eindeutig zu kurz und als ich wieder dalag, merkte ich auch wie schwer sie war und wie sie mich fast erdrückte. Man konnte sich fast nicht im Bett umdrehen, so schwer erschien sie mir.
Die Decke war erdrückend und wenn ich meinen Körper zur Seite wälzen wollte, war sie kaum zu bewegen. Meine Füße wurden kalt. Es war ermüdend, diese Decke auf sich liegen zu haben, mühevoll und mit letzter Anstrengung ließ ich sie etwas von meinem Oberkörper gleiten. Nun war es erträglicher, aber immer noch erschöpfend.
So musste ich wohl eingeschlafen sein.

Rätsel des Wesens. Lichter in einem Wirbel von Farben. Intensives, ungezähmtes, wucherndes Dasein von verbundenen Vernetzungen.

Ich erwachte; hörte. Lauschte die Stille. Dann Schritte auf den Treppen. In mir: Die Frage nach der Zeit.

Es war Benjamin.

Noch halb in der Welt des Schlafes drehte ich mich auf den Rücken. Dann zog ich die rechte Hand hervor und wischte mir die Augen. Es war bestimmt tief in der Nacht. Dann öffnete sich die Tür.

Die Stimme Benjamins. Er sprach von Cassandra.

Ich träumte immer noch teilweise, und sah Bilder griechischer Statuen, Wege und Asphalt. Griechische Kleider. Eine Pythia.

Unmerklich schien ich ihm etwas zu sagen. Ich wusste nicht, was ich sagte, oder zumindest konnte ich mich nicht daran erinnern.

Ich hörte noch, wie er sich hinlegte. Wie er seufzend die Decke über seinen Körper schlug und ruhig und steif wie eine Mumie liegenblieb.

Ich tauchte tiefer in diesen Traum. Die Pythia: in ein hellblaues Gewand gehüllt und mit einem Stirnband. Worte auf den schönen, geschwungenen Lippen. Blitzende Augen. Einige Männer gingen in der Ferne und zeigten plötzlich mit ihren Fingern in meine Richtung. Die Pythia legte ihre Hand auf meine Schulter und sprach. Aber ich hörte sie nicht, sondern empfand nur Stille in meinem Inneren.

Dann wandelte sich die Ortschaft in ein Thermalbad. Aber statt des Wassers sah ich Feuer. Wie Lava stiegen die Wellen hoch und umspülten meine Füße. Ich träumte von einer Schlange, einer Feuerschlange, die mit mir unter dem Lavastrom schwamm. Ich fühlte mich gut, warm und

aufgehoben in einer sonderbaren Leichtigkeit und Geborgenheit.
Die Feuerschlange taucht tiefer und die Lava wandelte sich wieder in Wasser, und grünleuchtend, hell und glitzernd wich das Wasser an mir vorbei. Rauschte in der Stille um mich herum. Ich fühlte mich gut neben der Schlange, die inzwischen eine durchsichtige, bläulich-weiße Form angenommen hatte.
Dort aber am Grund des Wassers lag eine Stadt. Schön, beleuchtet. Ich hörte Stimmen, singende Stimmen, hell und fein. Die Moira des tiefen stillen Wassers, das Geschick der Welt im Wasserhaften. Tief drangen wir durch die Wassermassen, und wie vorbestimmt gelangten wir in die Nähe eines Tores. Drinnen war kein Wasser, alles schien wie an der Oberfläche.
Ich fühlte meine Kleidung. Sie war nicht feucht, sondern warm und angenehm.
Vor mir sah ich einen langen Gang, an dessen Ende eine Öffnung mit Stufen war, wie sich später herausstellte. Man gelangte in einen Vorraum. Von dort aber gelangte man in den Hauptraum. Große Säulen hielten ein kuppelförmiges Dach aus einer glasähnlichen Substanz. Darüber blickte man nach oben in das tiefe Meer, in die Weite der Stille und Ruhe.
Ich merkte, wie ich anfing zu schweben.

Ich erwachte wieder. Die Dunkelheit des Raumes empfing mich wieder. Auf der anderen Seite des Zimmers sah ich Benjamins Schatten liegen. Ruhig

atmend und tief schlafend. In diesen Momenten aber verstand ich plötzlich, warum wir diese Reise angetreten hatten. Es war, als wäre dieses Gefühl ein Substrat des Gewesenen des letzten Jahres. Der menschliche Geist, der alle Dingen zu leiten glaubt. Nun lag ich in einem kleinen Zimmer, wartend auf den Morgen, der ein neues Beginnen ankündete.
Diese seltsame Gesellschaft. Dieses eigenartige Dorf. Diese Menschen.
Nachdem ich sinnend den Raum durchmessen hatte, warf ich die Decke zur Seite, und meine Füße berührten den kalten Holzboden.
Langsam bewegte ich mich zur Tür, behäbig, wie ein alter Mann, tastend, zögernd, und zitternd. In Erwartung irgendeines Geschehens nächtlicher Weite und Tiefe, beruhigte ich mich, nachdem mein Herz angefangen hatte, schneller zu schlagen, mit einer gründlichen und behutsamen rationellen Analyse dieser Momente. Es gelang mir nicht, diese seltsame Unruhe abzuschütteln. War dieses Gefühl bedeutsam? Konnte man in diesem Nest, diesem Dorf, vorbedachte Handlungen durchführen? Oder war hier eine unerklärliche metaphysische Grenze gezogen, die wir nicht erkannt hatten? Oder war es möglich gewesen, dass wir diese Grenze wohl überschritten hatten, es auch gemerkt hatten, aber verleugnet, aus einem ausgrenzenden Gefühl heraus, so, als ob es nur eine subjektive und belanglose Sache gewesen sei?
War dies alles so, wie wir es erlebt hatten?
Ich musste mich darauf besinnen, dass, seit wir hier in dieser Gegend waren, alle Gefühle wie taub

erschienen, fast so, als würde eine dumpfe unsichtbare Decke die Gefühle isolieren und der Mensch, der dort ankäme, in eine Orientierungslosigkeit fiele, ungesehen und unerkannt?

Unglücklicherweise waren wir bereits zu lange hier, um noch einen reinen Gedanken fassen zu können. So blickte ich zur Tür, vor der ich unmittelbar stand. Plötzlich aber hörte ich etwas im Zimmer. Ein Geräusch, ziehend und klammernd. Dann Stille. Als ich mich umdrehte, sah ich Benjamin ins Gesicht.

„Was tust du denn so tief in der Nacht?" Fragte er schläfrig und ruhig.
„Ich denke, ich habe schlecht geträumt, mein Freund," beruhigte ich ihn.
„Na dann" meinte er, und drehte sich mit herabgezogenen Schultern um und ging zum Fenster, setzte sich dann aber, unvollständiger Handlung zum Trotz, auf die Bettkante und neigt den Kopf nach vorne. Was er denn tue, fragte ich ihn und wusste nicht recht, ob ich stehen bleiben, mich zu ihm gesellen, oder mich ihm gegenüber in die Dunkelheit setzen sollte.
„Hier in diesem Dorf verliert man die Perspektive" hörte ich ihn dann sagen.
Ich schwieg, doch mein Herz pochte stärker. Ein Lichtschimmer erhellte seine Stirn und ein Teil seines rechten Auges und seiner Nase. Er suchte nach Worten, versuchte Formulierungen zu suchen für das, was sich hier abspielte, und indem er dies tat, merkte er, dass, je mehr er sich anstrengte, sich der

Sache bewusst zu werden, desto schneller und weiter flüchtete die Realität selbst.
So aber sah ich ihn, mit schwarzem Haar, vornübergebeugt, die Stirn in Falten gelegt, die Augenbrauen träge hebend, suchend mit den hellen Augen, achtsam, begabt, aber doch schließlich unvorbereitet, unverwandt und leergeworden.
„Erinnerst du dich an die Tage in Paris?" fragte er mich und schaute mich mit wartenden und erwartenden Augen an.
Ich schenkte mir etwas Wasser ein und bejahte mit einem Kopfnicken.
Ich erinnerte mich gut. Schließlich waren dies Tage innerer Aufregung gewesen, das große Gefühl des Alleinseins in einer unübersehbar großflächigen Stadt. Wo morgens bereits sehr früh die Blumenmädchen mit den zarten Fingern die Sträuße zusammenbanden, lächelnd, immer fröhlich, und genügsam. Einige Straßen weiter in etwas tieferem Morgenblau gehüllt: Alte Männer die ihren Morgenspaziergang durch die noch ruhigen, schlafenden Straßen machten. Derweil erwachten schon die Hauptstraßen zu neuem Leben. Der Geruch der Straßen…
So aber war dann Anfang geschaffen für das Gewölk der Gedanken, Dunst des Gehetztseins in den langen Alleen voller Menschsein.
Dies alles schwoll dann an, um nachmittags eine dicke Dunstglocke zu bilden, schwer und erdrückend. Wir entschlossen zu dieser Stunde, uns anzuziehen, um danach in den Essraum dieser Herberge zu gehen. Unentschlossen aber mussten wir gewirkt haben, tastend und schattenhaft in der tiefsten Nacht.

Nur unsere Schritte waren zu hören, sonst war alles in Stille gebettet. Und umso mehr erklangen unsere Schritte fremd, so, als ob sie störend gewesen wären im Immerdagewesenen. Schienen die Ruhe, die Lautlosigkeit zu zerreißen mit hölzernem Klang.

Und die Stummheit selbst war aufgehoben.

Alles wir in dem vermeintlichen Eßraum auftauchten, der eigentlich bloß der Raum war, indem alle saßen und tranken und lachten, zündete Benjamin eine Öllampe an, die auf der hinteren Seite des Tresens stand.
Die Öllampe gab eigenartige knisternde Laute von sich. Dann wurde wieder alles still.
Unser Atem. Die innere, gedrängte Hast.
Kontemplation gefaßter Unruhe, versunken, unerschütterlich im Lichte der Lampe, die nun zwischen uns auf dem Holztisch ihren Platz gefunden hatte.
„Hier fühle ich mich verdrossen, leer, fast wie unausgefüllt" sagte ich.
„Du willst also gehen?" sagte er und musterte mich.
„Das habe ich nicht..." begann ich, doch er unterbrach mich:
„...gesagt? Nein, gesagt hast Du es nicht"
„Vorhin ja!"
„Du sprichst es ständig, bist…, bist erfüllt vom Gehen, in Dir ist stets Abschied, Weggang."
Ich schaute ihn an.
Was sollte ich dazu noch sagen?
„Ich wollte, alles wäre anders gelaufen" meinte ich und hörte meine eigene Stimme im Raum.

„Du bist sehr unbeständig" sagte er und lächelte.
„Man meint fast, dich hielte etwas zurück. Als ob Du bereits wie eingegossen in diesem Dorf wärst, zusammengehörig und eins mit diesen Menschen."
„Ich weiß nicht" sagte er und blickte in das schwammige Licht der Lampe.
„Du wirst also nicht mit mir fahren, wenn Ich gehen sollte?" fragte ich.
Unsere Blicke kreuzten sich.
„Dieses Dorf ist für mich wie ein subkutane, maskierte Krankheit, eine Posse. Langsam nimmt sie mich ein und begreift mich. Ich möchte sie nicht in die Welt hinaustragen!" sagte ich.

„Das Dorf ist schön." sprach er.

Nachdem wir eine Weile dort gesessen hatten, und vielleicht eine Stunde vergangen war, erreichten wir endlich ein zögerliches Abkommen. Es war eine notwendige Übereinkunft, ein Beschluß, dessen Tragweite uns beide etwas später erst ins Bewusstsein kam, sich dort steigerte und uns wissen ließ: Dies waren schweigende Ketten aus Worten gefügt und Anfang eigenartiger Stunden.

Kapitel 7: Cassandra

Und obwohl dies alles und zwischen den Zeilen noch viel mehr, nun deutlich erschien und alles darauf hindeutete, dass in unserem Wesen selbst, in dieser Freundschaft eine solche Diskrepanz aufkommen konnte, dachte ich daran, wie damals in Paris die Seine uns beide für sich gewonnen hatte, ohne dass auch nur ein Wort hätte gesprochen werden müssen.
Alles in der Geschichte wiederholt sich, die Schlachtrufe bleiben, und bloß die Ausdrücke mögen sich ändern. Andere Gesichter ziehen in den Krieg oder durch das fruchtbare Land, andere Augen blicken in die Ebenen, die weiten Ländereien.
Die Wärme eines Händedrucks, in sich selbst seiend, wird immer derselbe sein, wenn auch die Hände selbst verschieden sein mögen.
Die Menschen ändern, wie auch das Land, die Erde, die Schlösser, und die Städte, werden begraben unter dem wehenden Wind des Vergessens.
Und doch: Dies alles musste sein, und sei eine Kultur vielleicht noch so unbedeutend, jedes Dasein trägt in sich Bedeutung, wenn auch nicht im Sosein, dann doch sicherlich und vor allem im Sein. Warum aber konnte ich mich immer nur an Menschen erinnern, wie sie aussahen, was sie taten? Mit welchem Blick sie in die Welt gingen. Außen wie innen. Nicht aber die Straßen, oder wenigstens in einer etwas blasseren Erinnerung? Nicht die Statuen und Räume, nicht die Alleen, Parks und Hotels.

Obwohl: Ich konnte mich doch recht deutlich an solche Dinge erinnern, nur anders, tiefer, verständlicher, mit wohlwollendem, interessiertem Gefühl.

Am nächsten Morgen war alles in diesem Dorf in dicken Nebel eingehüllt, durchspült von feuchter, grauer Luft.
Es war gegen neun Uhr, als Benjamin und ich erneut den Eßraum betraten, wie wir es einige Stunden zuvor bereits getan hatten. Die Fenster waren beschlagen und alles war ruhig, als wir uns an den erwählten Tisch setzten. Glänzend standen heute an jenem Tag einige Kerzen auf dem Tisch, doch unfein, nicht taktisch hingestellt, so, als ob es unserer Erwartung hätte entsprechen müssen. Falsche Blumen aus Plastik standen in der Tischmitte.
Benjamin, wartend und ebenso hungrig wie ich, drehte manchmal den Kopf in Richtung Tür, wo die Küche, oder etwas Ähnliches erwartet wurde.
In der hinteren Ecke saß ein Greis, was ich erst dann bemerkte, als dieser sich bewegte und hüstelnd seinen schwächlichen, grauen Körper fast unmerklich erhob um sich ein Kissen von der gegenüberliegenden Seite des Tisches zu holen. Ich erschrak und musste mich deutlich zusammenreißen, um nicht aufzulachen.
Große blaue Augen blickten wie verwunschen und kraftlos in den Raum hinein, leer und matt.
Sein Mund bewegte sich unentwegt und willenlos, und manchmal rief er vergebens mit kläglicher, anklagender und doch gefügiger Art nach der Bedienung.

Vergebens. Ich lächelte verkrampft.
Benjamin studierte den Raum. Er hatte nichts von diesem Schauspiel mitbekommen.
Er erschrak nur bei jedem Krächzen des alten Mannes, schüttelte dann missmutig den Kopf und putzte sich die Nase.
Schließlich erschien dann doch eine Bedienung. Es war Cassandra. Auf dem grausilbernen Tablett servierte sie dem Greis Kaffee und Zwieback. Er blickte sie nicht an, nickte bloß mühsam und mit einer Handbewegung deutete er ihr an, dass sie sich zu entfernen habe.
Benjamins und Cassandras Blicke kreuzten sich flüchtig und wohlwollend, fröhlich nickend und lächelnd verschwand sie zunächst in der Küche. Dann aber war Stille im Raum. Nur das ständige, unaufhörliche und nie enden wollende Rühren des Löffels im Kaffee aus der Ecke des abständigen, krumpligen, alten Mannes mit der krächzenden, überlebten Stimme war zu hören.
Benjamin rückte seinen Stuhl etwas zurück, erhob sich und ging zum Tresen.
Cassandra und Benjamin wechselten einige Worte, lächelten, nickten, lächelten wieder.
Es mochte wohl eine Zeit gedauert haben, bis er zurückkam und obwohl ich versuchte mir meine Aufregung nicht anmerken zu lassen, sagte er:
„Wir sollten heute nachmittag zu dem alten Turm gehen."
Daraufhin sagte ich: „Von einem alten Turm habe ich noch nichts gehört!"

„Cassandra weiß auch nicht recht, wer in erbaut hat, obwohl er sehr alt zu sein scheint, und dennoch weiß auch keiner den geschichtlichen Huntergrund dieses Turms!"
„Das ist eigenartig." meinte ich und lehnte mich etwas zurück.
„Es gibt einige Legenden über ihn, aber an sich ist an der Sache viel mehr dran"
„Haben denn Druiden etwas damit zu tun gehabt?"
Benjamin zog die Mundwinkel etwas herab, legte seine Stirne in Falten und meinte dann:
„Nun, eher nicht, etwas jünger dürfte er dann doch sein!"
Zögernd fügte er dann, nachdem von meiner Seite her nur Schweigen herrschte, hinzu:
„Cassandra kennt den Weg und kann uns mehr darüber erzählen!"
Indem ich aufstand und zum Fenster blickte, sagte ich:" Gut. Dann tun wir das."

Es gibt Zeiten großer Absicht, und auch wenn zuweilen das Menschliche in jeder Handlung deutlich den Grund der Absicht lebendig macht, zeigt sich doch oft genug und allzu oft, ein gewisser Widerstand gegen das allseits Gute, das Menschliche gegenüber anderen Wesens.
Es kam also, wie es kommen musste:
Im Wechsel der Zeiten kam die Erkenntnis, dass manche menschlichen Bindungen sich dem Ende neigen.

Nicht so sehr durch die nur dadurch selbst entstandene Erfahrung, nein, auch vorher überkommt es den Menschen in der stillsten Stunde und man weiß den zukünftigen, unnachgiebigen seienden und anstehenden Wechsel.
In einem solchen Dorf, oder eher: in einer solchen Empfindung, die ein Dorf in einem Menschen wecken kann, wird die Erkenntnis zu einer Klarheit des Geistes. Und nicht Trauer liegt im Abschied, nicht Freudlosigkeit, keine Kümmernis gefühlsbetonter Einzigartigkeit.
Ich musste Benjamin loslassen. Längst aber war er gegangen. Längst hatte ihn das Dorf und dessen Menschen für sich gewonnen.
Dies war die Regelhaftigkeit, das Ordnungsprinzip dieses Dorfes.
Jeder, der hier ankam, äußerungsunwillig, doch eingliederungsbedürfig in ein Ganzes, das dem dekadenten Zerfall eine noch größere Potentialität des Wirkens und Werdens verlieh.
Ich sah indessen ihr gemeinsames Lachen, ihre subtilen Bemühungen, huldvoll, doch ohne Verliebtheit, eine eigenartige Verbundenheit ohne Passion, ein Spiel ohne Liebkosung und Wärme, Blicke ohne Tiefe.
So verloren sie sich ineinander und ich blickte ihnen nicht nach, als ich auf mein Zimmer ging.

Dort standen die Schachfiguren, aufgereiht, unkundig und wartend. Das Mitspracherecht des Seins im Gefüge einzelner Züge.

Ich setzte mich hin, spielte einige Züge, wankelmütig. Einige Male schwankte ich in Entscheidungen, doch fand dann recht schnell zu meiner Linie zurück und spielte den Tanz der Figuren.
In diesen Stunden der Einsamkeit und Zurückgezogenheit wurde ich wieder zum Visionär!
Was während der ganzen Zeit damals in diesem Dorf als undenkbar gegolten hatte, wurde mir nun immer klarer. Die Wirklichkeit hatte in sich wieder eine Potentialität, die sonst nie vorhanden war.
Alles andere blieb ein Vakuum, unreal, und vom Nichtleben gesättigt.
Doch es gelang. Ich spielte. Wurde Spiel.

Die Reinheit des Tages, in sich selbst Ruhe, begann durch und in mir zu wirken.
Nun aber, nach einer gewissen Zeit, beließ ich die Rohheit der Züge in einer gewissen Stummheit. So wurde mehr Tag geschaffen, denn die Zeit selbst war mir nicht mehr so gewahr wie vorher, anders nun stellte sie sich mir dar.
Um mich herum war doch alles sonderbar stumm. Nur meine Schritte auf dem Holzboden waren, trotz angestrengten Hörens, die einzige hörbare Welt des Tages und der Stunde.
Sie wurden somit zu meinem eigenen Rhythmus des Lebens. Ich dachte an Noë, an das inwendige Wort letzter Wahrheit. Liebe des Seins.
Einige Stunden später stand ich wieder in der Eßstube und in der hinteren Ecke, wo an jenem Morgen der alte Mann gesessen hatte, sprachen

Benjamin und Cassandra miteinander. Ich beobachtete sie aus der Ferne. Manchmal führte Cassandra die rechte Hand zum Munde, kicherte, und während sie Benjamin anblickte, blitzten ihre Augen, hell, wie ein künstliches Gebilde, in der Mittagssonne, geboren aus der Hand eines Bildhauers. Ein Werk aus mondhafter Bronze.
Fast hohepriesterlich weckte sie in meinem Freund ein Äquivalent aus Gefühl und Gefühltseins, fortschreitend, mit jedem Herzschlag vereint, im Gewand des schwammigen Lichtes der Öllampe.
Ich durchtrennte ihre Gemeinsamkeit, ohne aber dies in der Art zu wollen, doch fühlte das Gesetztsein der Schranke.
Übereinstimmend, zwischen den Zeilen. Klar.
Benjamin gab mir Zeichen, winkte, und bat mich näherzutreten. Dann lächelte er, etwas unbeholfen und meinte dann, Cassandra anblickend, da ich nun da wäre, ausgeruht und fertig zur Besichtigung, so könnten wir doch nun unsere Mäntel und Jacken holen und uns auf den Weg machen.
Cassandra blickte uns abwechselnd musternd an, dann sagte sie, es wäre doch im Moment sehr kalt, und wir müssten uns wirklich warm anziehen, weil man sich im Nebel doch sehr schnell erkälten könnte, der sicherlich noch aufkommen würde.
Ich schwieg, nickte aber hin und wieder freundlich und ging bereits langsamen Schrittes zur Tür. Nach einer kurzen Weile standen auch die beiden neben mir und auf meine Frage hin, welchen Weg sie denn nun vorschlagen würde, zeigte Cassandra auf einen

kleinen Weg, der im Nebel nur noch schwach zu sehen war.
So gingen wir in die Nebel, tauchten in die Welt der Turmruinen.

Kapitel 8: Der alte Turm

Es dauerte einige Zeit, bis wir die Anhöhe erreicht hatten, von der aus man glaubte, erst dann das Dorf hinter sich gelassen zu haben, wenn man scheinbar freier atmen könnte. Mit gleichmäßigen Schritten versuchte man, wie ein Reisender, ein Pilger, den Raum des Nebels zu durchschreiten, um in die Landschaft hunderter Wellen aus Hügeln und grünen Wiesen einzutauchen, die wie verwischt ineinander übergingen, getrennt durch die dunkleren Nuancen. Den Übergang zwischen Wiesen und Himmel aber wusste man nicht so recht zuzusprechen. Der Nebel, der alles in eine gewisse Vergangenheit senkte, verließ das Tal nur selten und nun war auch auf allen Hügeln um uns neblige, schwammige Feuchtigkeit.
Ich fragte mich, wie Cassandra den Weg zu diesem Turm finden würde. Jetzt bereits überkam mich ein Gefühl von Orientierungslosigkeit und plötzlicher Müdigkeit. Nur mit Mühe konnte ich weiter Schritt halten mit den beiden. Alles war in Ruhe getaucht und jeder schwieg.
In diesen Flächen, wo Grün in allen Farben vermischt mit dem Braun des Bodens eine sonderbare Akkumulation von Farbschattierungen wurde, durch die Nebel getrübt und ungenau, eignete man sich oft einige Gewohnheiten an, die man sich sonst, hätte man dieses Stücken Land nicht betreten, niemals eingeprägt hätte. Ich merkte dies oft genug in den letzten Tagen, an denen wir hier waren und

Benjamin wurde immer öfter von einem grässlichen Husten befallen, nervös und von Kälte gedämpft. Man sah ihm wohl oder übel an, dass er sehr darunter litt und doch tat er es als Bagatelle ab, leichtherzig, verdrängend.
Zwanglos war das Gespräch zwischen den beiden, zwischen Benjamin und Cassandra, und ich wunderte mich wie unbedacht und überstürzt diese Frau sich meinem Freund an den Hals geschmissen hatte.
Viele Wiesen waren vom Nebel und dem Nieselregen gelockert, durchnässt und aufgeweicht, und der Weg war mühsam. Einige Hänge waren bereits gerutscht, wie kleine Lawinen lockerte sich der Moos und obere Erdschichten und drängten nach unten in die Mulden. Nur ein kleiner Pfad, erdfarben und vor langer Zeit von schweren Menschen eingestampft, führte uns weiter in die Landschaft hinein, in die monotonen und ungenutzten Flächen.
Wir redeten nicht, sondern waren fast von Anfang an in ein Schweigen verfallen, welches der leeren, tristen und einsamen Gräserwüste im Ausdruck gleichkam. So webte sich das Äußere in das Innere und alles was das Auge erblickte, war der reinen Anschauung nicht würdig. Es musste notgedrungenerweise dem Auge Schmerzen zubereiten.
Es dauerte eine Weile bis wir in den nebligen Schwaden dunklere Umrisse erkennen konnten. Während einiger Augenblicke konnte man die Linien und räumlichen Attribute eines großen, massiven Turms erhaschen. Mehr entblößten die Trübungen nicht aus jener Entfernung.

Unter den Steinen jahrhundertalten Seins ruhten die Gesänge in den Gängen einstiger Leben. Menschen blickten auf und senkten die Augen in dunkle Zeilen:
„Dies irae". Doch alles blieb verborgen. Nur die Ersten, die zu schweigen wussten, waren im Geiste Kelch und Schlüssel. So musste es gewesen sein. Damals.
Unheil gewordenes Schicksal ruhte erdrückend auf den festen Steinen der hundertjährigen Ruine.
Wie ungewohnt standen wir stumm im Kreise einstiger Gedanken und Gefühle, die nach fast stundenlanger Starre uns der Vergangenheit entrissen.
Ich war einer von diesen.
Dann, nach einigen Schritten, fühlte ich die aufkommende Gegenwart der einstigen Angst.
Unsere Blicke kreisten um den uralten, weißen Turm, im silbernen Mondlicht erhellt wie ein dunkler Gesang. Wir waren Name und Gesang jener Nacht.
Ich spürte plötzlich das Unheil der vielen Menschen, die falsche Wege gegangen waren. Hände glitten wie Schatten an den Rändern der Mauer entlang, inmitten sich wiegender Nacht, niederkauernd, wartend…
Wünsche stiegen in uns auf. Stumm gingen wir unsere Schritte…
Zwei Brunnen fielen mir auf. Wie dunkle, doch offene Augen standen sie unter dem heller werdenden Mond.

Dort mussten vor hunderten von Jahren Mägde gestanden haben, wuschen die Kleider, oder aber: Es waren Weise, die dort Worte tranken, Worte einender Zyklen. Mit unendlichen Gebärden mussten sie sich Tag für Tag den Brunnen genähert haben, dem verborgenen Platz voller Ruhe und stillem Bestehen, und wuschen dort die kupfernen Kelche.
Eine leise Melodie zog durch das alte Gemäuer. Und ich blickte Benjamin und Cassandra an und wusste nicht: War dies ein Traum?
Waren es keine Melodien?
Unsere Hände, durch die Kälte gekrümmt, flossen zu einer Gebärde zusammen. Ihr Meister war Gebet im Schmerzen der Reinigung.
In meinen Händen glaubte ich die Geburt der Dinge zu halten.
Dort, vor einiger Zeit, wo heute die Dinge des Lebens schwiegen, standen sie lautlos, die Weisen, um lautlos zu verbleiben. Es zogen tausend Tage und ebenso tausend Nächte vorbei.
Nach ihnen mussten andere gekommen sein. Anders waren ihre Worte und anders wurden sie vernommen.
Es mussten Lächelnde gewesen sein, und sie überragten die Welt der Dinge, und waren selbst Ding unter tausend Dingen, nur lebend.
Fürchterliches Anschauen prägte ihr reines, helles Gesicht. Aber sie suchten außen, was innen das Leben ihnen verborgen hatte…

Wir zogen weiter.

Verstreut, in alle Windrichtungen, sammelten wir uns vor dem Turm und standen eine Zeitlang stumm vor diesem gewaltigen Gemäuer und staunten und schwiegen.
Dunkle Wolken umhüllten Wort und Tat.
So standen wir, reglos.
Eine Eule hörten wir, dann Wiesen, die im Winde erzitterten. Stille folgte, laut und durchdringend.

Wir saßen an den Klippen zeitlosen Geschehens.

Die Wasserfälle des Verstehens wurden zu einzelnen Tropfen, welche die Erde trank im besseren, tieferen Verstehen. Wie hätten wir auch dies alles vollends verstehen sollen? Wie hätten wir uns umdrehen können, um sagen zu können: „Dies ist…" oder „Ich erkenne…" oder „Ich weiß, weil…"
Nichts dergleichen. Wir weinten.
Was es zu leben gab, war nun gelebt. Wir kehrten zurück an den Ursprungspunkt.

Ich blickte Benjamin an. Eine gebende Hand, die vereinsamt in sich müde zurücksank, in den Schoß der Erde. Warum verstanden nicht die Menschen die einstigen Zeichen, die voll Wahrheit erstrahlten?
Lange schon war das einstige Schottland vergessen und vor Mitternacht saßen wir seltsam und ratlos neben dem Turm im hohen Gras, und wusste n nicht: Sollten wir weiterziehen?
Wir gingen an Wandernden vorbei, die eingehüllt waren in braune lange Gewänder. Wie artfremd

schienen sie uns, so verhüllt und kalt in den Akkorden der anbrechenden Nacht.
Wir wollten sprechen.
Wollten.
Doch stumm gingen wir weiter, ohne je irgendein Wort über unsere Lippen kommen zu lassen, damit nicht jeder, jeder ist, damit nicht Fremde uns gegenüberstehen, sondern Menschen…
Menschen gingen an uns vorbei, und gingen, gingen entschlossen in die Fremde aus der wir kamen.
Irgendwo im strengen Draußen standen wir wie Skulpturen, verharrend und abgeklärt. Der Nachhall der vor Minuten verlassenen Ruine mit dem Turm drang in unser Wesen, stark und klar.
Aber der Turm war nicht erwacht, sondern verblieb auch jetzt innig in sich selbst versunken, in den tausend Augenblicken der Welt…

Die Verbindung von zwei Menschen.
Ihnen galt in jenen Tagen ein großer Teil meiner Aufmerksamkeit.
Die Vernunft, die uns in harmonischen wie auch unharmonischen Momenten begleitet und leitet, spielt im rezidiven Affinitätsprinzip eine besondere herausragende Rolle. Herausragend in dem Sinne, dass sie wortwörtlich am Geschehen nicht aktiv teilzunehmen scheint. Dies denke ich heute, wie auch damals bereits einige Gedanken in der Art gedacht worden waren. Das vernunftbegabte Wesen sieht sich vor eine Aufgabe gestellt, die sie womöglich nicht ganz erfassen kann, daher sich im unbewusste

n Akt weigert, weiter auf das Phänomen einzugehen. Dies ist die Ursache der Torpidität der Vernunft. Sie erstarrt in ihrem Mechanismus und führt das vernunftbegabte Wesen aus den gewohnten Bahnen des Denkprozesses. Das Prinzip der Intuition das unter der Vorherrschaft der Vernunft geradezu nur als bloße Ahnung behandelt wird, offenbart sich hier in einer solch starken Präsenz, dass sie im anfänglichen Stadium nur ungenau definiert werden kann. Die Perforation der Persönlichkeit, des Egos, durch Ideen und Einflüsse einer tiefen unbewusste n Schuld, bringen diese womöglich vorübergehende Trägheit der Vernunft mit sich.

Dass sich einiges in der Persönlichkeitsstruktur ändert, ist eine Tatsache.

Damit hatte ich aber zu dem Zeitpunkt noch nicht zu kämpfen und überhaupt war alles, was Änderung bewirkte, erst dunkel und ungenau in mir und suchte nach Äußerung, nach einer Formulierung werdender Formen sprachlichen Seins.

Wir gingen und gingen und ich konnte mich nicht entsinnen, dass dies genau derselbe Weg sein sollte, den wir genommen hatten, um zum Turm zu gelangen.

Zum Turm, dem Unsagbaren. Es war schon sehr dunkel, und als wir dann doch irgendwann in der Herberge angekommen waren, da war es schon tiefe Nacht. Fast musste es wieder morgen sein. Ich wusste nicht, wie lange wir gewandert waren. Ich wusste nichts. Pechschwarz hielt uns die Kälte gefangen. Eisig hüllte die Dunkelheit uns ein.

Wir betraten die etwas wärmeren Räume der Gaststätte.

Der Raum selbst verlor sich im Gemenge von tausend Stimmen und Lachen. Mir war immer noch kalt, und ich versuchte mich am spärlichen Kaminfeuer zu wärmen.
Mit wenig Aussicht auf Besserung, wie ich schnell merkte, so dass ich das dann nach einigen Minuten auch unterließ und mich Benjamin zuwenden wollte... Der aber, halbwegs lustig, hatte sich bereits bis zum Tresen hindurchgedrängt, durch die Wulst aus Menschen und Biergläsern, dem Dunst aus Biermündern und fauligem Bauernhautgeruch, getränkt in Schwaden aus Zigarettennebel und Schweißgeruch.
Ich stand da, in der Mitte des Raumes, unentschieden und etwas übermannt von Gefühlen und Eindrücken, nach einem solch ruhigen, schweigsamen Tagesausflug.
Fast wollte ich schon auf mein Zimmer gehen, da sprach man sich aus, den Tanz endlich beginnen zu lassen.
Den Tanz? Hatte man etwa einen Tanzabend veranstaltet? Es war tiefe Nacht. Sollte man nicht doch recht nach Hause gehen, sich hinlegen, etwas schlafen?

Schon wirbelten die ersten Füße über den Boden, stachen ein Klick-Klack-Geräusch in schneller Abfolge in den Boden, und Röcke wirbelten, und schnitten die Luft mit farbigem Stoff. Schuppige Hände griffen stürmisch und drängend des Nachbars Frau, wüst und hart, und mit lauter Stimme, trunken das Weibliche im Saale zum Tanze auffordernd. Die Frauen, gar alle etwas schrundig und spröde im Gesicht, willig jedoch und lächelnd mit dünnen Lippen graue Zähne verdeckend, willigten ein, und tanzten schweren Schrittes durch den Raum. Waren dies die Opiate dieses Dorfes? Eine, durch Alkoholdelirium verschönerte Dorfwelt, groteskerweise ertragbar durch vernebelte Sicht, nichtdenkend, nicht wissen wollend, einfach nur tätig sein, wieder eine Nacht hinter sich bringend im halbwegs unbewusste n Rauschzustand des Vergessens? Die behaarten Frauenarme, flink, doch hölzern in der Ausführung, wild umherwedelnd, griffen in das verschwitzte Fleisch der männlichen Hüften, die vom Tanzen aufgedeckt unter dem Hemd hervorquollen, wissend und schweigend.

Oft lachten einige auf, schrill, schuldlos winkend, einander anrempelnd, die fettigen Haare im dunstigen Lichte richtend, und nach einer Pause des Zurechtmachens, sich wieder hineinwühlend in das siedende und ölige Nebeneinander von Fleisch und Haut.

Manchmal aber saßen auch einige zusammen, spielten Karten, die an den Ecken bereits verfettet und gelblich-ranzig waren vom vielen Spielen, vom Hinlegen, Richten und Nehmen. Alles durch mehrmaliges Hin- und Herwenden der einzelnen Karten mit dicken Bauernhänden, die Nägel braun, die Finger speckig, spröde und gerissen vom vielen Tun und Lassen.

Manchmal riefen einige nach dem Wirt. Mehr Bier forderte man gierig, um nicht auf dem Trockenen zu sitzen und die Kehle verdursten zu lassen im Zauberland des Trinkens ohne Wunsch und Weise. Dies war die abendliche Beglückung, die Choreographie bauernhafter Tätigkeit in diesem kleinen Dorf.
Man sprach über die eigene Frau, die ungesehen anderer Männer Schweiß beim Tanzen roch, über die Kuh, die wieder einmal ganz unerwartet gekalbt hatte, und man erzählte, detailreich, wie aus einem Bericht, die blutige Geschichte, lachend und grölend, mit den Händen wild gestikulierend, bacchantisch und laut.
Mit den Händen übertrieben zeigend, wie man blutüberströmt das kleine Geschöpf auf die Welt riss, unsanft und lustig.
Ich stand etwas abseits, in der Nähe des Tresens und trank langsam meinen sauren Wein und schaute den Menschen zu in ihrem wilden Treiben des Vergessens.
Die Frauen, mit verdrehten Augen, lächelnd, zweideutige Dinge sagend, rüde und wollüstig, wenn gerade der eigene Mann im Kartenspiel versunken war und seine Frau den ganzen Abend mit keinem einzigen Blick würdigte.

Dies waren die brüsken Annäherungsversuche, patzig und verfehlt, ungalant und eigentlich männerhaft.
Und jene die noch keine Frau zum Tanz hatten, gingen mit aufgeschlossenen Armen durch die Reihen, mit den offenen, flachen, einladenden Händen den unteren Rücken der Frau betatschend und mit hocherhobenen Augenbrauen fragend, ob sie willig wäre tanzen zu wollen.
Oder aber öfters die Frage:
„Darf ich Sie wärmen?", oder eine ähnliche unflätige Aussage.
Ich wusste nicht, wie lange ich dort rumstand, doch mein Glas war geleert, ungewollt stand ich noch immer im Raume, wo Schauspiel um Schauspiel sich ereignete und betrachtete die Menge.
Etwas unglücklich fühlte ich mich dann doch nach einer gewissen Zeit und wusste auch: Ich hatte genug gesehen, um mit Widermut den Raum zu verlassen, die Treppen hinauszugehen und zu meinem Zimmer zu gehen.
Das tat ich dann auch. Vorher versuchte ich, noch die Gestalt von Benjamin auszumachen, doch vergeblich suchend, wendete ich diesem Rausch den Rücken und desolat und elend stieg ich ins Dunkle des Treppenhauses.
Oben hörte man die Menschenmenge weniger. Etwas Ruhe kehrte ein, wenn auch nicht alles Gebrüll und Lachen verstummt war. Doch die Mauern waren dick genug, um wenigstens einen gewissen Teil des Gehörten verstummen zu lassen.

Es wurde Zeit. Erschüttert blickte ich in den Spiegel, verhärmt und müde legte ich mich in mein Bett und versuchte zu schlafen. Noch im Halbschlaf hörte in die Menschen unter mir im Tanzraum singen und lachen. Manchmal wurde es stiller, doch das Klopfen der Hände auf die Tische und die tanzenden Füße ließen mich immer wieder aufschrecken. Allmählich tauchte ich in die Tiefe der Nacht und des nebulösen Schlafes und auch unter mir wurde es ruhiger.
Schlussendlich schlief ich ein. Ich träumte nicht einmal.

Kapitel 9: Das Boot und die Flussmitte

Erst am späten Nachmittag erwachte ich. Es schien so, als ob dieser Tag den anderen wohl nicht ganz unähnlich werden sollte.
Als ich meine Augen öffnete, empfing mich sofort das dumpfe Geräusch aus dem Raum unter mir. Womöglich waren viele Leute dort. Ich hörte neben mir im anderen Bett an der gegenüberliegenden Wand das Atmen von Benjamin. Ich hatte ihn in der Nacht nicht gehört, was mich wunderte, da mein Schlaf sehr oberflächlich war in diesen Jahren.
Nachdem ich gebadet und neue Kleider angezogen hatte, ging ich in den Eßraum, wo am Tag vorher noch die Menschen tanzten. Nun war alles ruhig.
Nur Cassandra musste wieder arbeiten, so dachte ich und knöpfte mein Hemd zu.
Ich setzte mich hin. Man roch noch immer den Nikotingeruch in der Luft, schwach doch präsent.
Ich wusste wohl zu dem Zeitpunkt bereits, dass ich nicht länger dortbleiben würde, und bald unseren Wagen aufsuchen würde um dann nach Hause zu fahren. Doch ich musste diese Gedanken wieder vergessen oder verdrängt haben, denn erst einen Tag später sollte sich diese Tatsache bewahrheiten.
Es war gegebenenfalls ein Faktum, dass ich nach diesen Tagen endlich wieder in einen normalen Alltagsablauf kommen sollte und wollte. Zu eigenartig war mir diese Welt, zu fremd. Und die warme, nette Seite, wenn diese Dorfleute eine solche überhaupt hatten, wurde mir nie zuteil in der Zeit, als ich dort war.

Im Gegenteil. Es ekelte mich von Tag zu Tag mehr. Diese Menschen waren mir von Anfang an fremd gewesen, die Straßen sofort abstoßend und von Isolation und Ungastlichkeit behaftet, so dass ich die ersten Schritte in diesem Dorf bereits ungern tat.
Benjamin schien sich einzuleben, ja, fast zusehends konnte er sich integrieren in diese faulige Gemeinschaft, in diese gefühlskalten, psychopathologisch irren Dorfbewohner.
Vielleicht war ich auch zu voreingenommen gewesen, von Anfang an, doch änderte dies wohl nur wenig an meinem Gefühl der ganzen Sache gegenüber. Diese dummstolzigen Bauern, mit ihren kranken Kühen, ausgemergelt und desolat. Oder die Frauen, großmäulig und ruhmredig in den Straßen umherstehend, einander anschwärzend und lachend hinter hervorgehaltener Hand.
Unsere Ankunft war mit Widermut gesehen worden, das spürte ich sofort. Benjamin schien das nichts auszumachen. Er tat das, was einzig und allein das war, das ihn dort hätte akzeptabel mache können:
Er wurde wie sie.

Es schien, als ob Cassandra an jenem Morgen keinen Dienst hatte. Und als Benjamin in den Eßraum kam, den Kopf zwischen den Händen, so, als würde er ihn halten müssen vor allzu viel Schmerz, fühlte ich Genugtuung in mir aufsteigen.
Er löste meine Fragen, indem er darauf hin antwortete, sie sei heute zuhause und müsse ihrer Mutter

helfen und dass sie auch nicht immer in der Gaststätte arbeiten würde.

Dann fragte er mich, was wir denn heute so anfangen würden und ich sagte ihm, es sei dicker Nebel über dem Dorf und man würde sich alleine sicher draußen verlaufen, wenn nicht jemand mitkäme, um uns den Weg zu zeigen. Benjamin lächelte nur und schien meine Worte nicht ernst zu nehmen. Er lehnte sich zurück, blickte mich an und dachte wohl an Cassandra.

Dann stützte sich mit den Händen auf den Tisch und meinte dann, dass Cassandra ihm gesagt hätte, dass in der Gegend ein großer Fluss sei. Er sei vor allem in der jetzigen Zeit etwas tiefer, weil es hier viel regnen würde zu dieser Zeit. Ich sagte ihm, das sei doch wohl nicht ungewöhnlich, da das Wetter hier stets dasselbe sei: Kalt und feucht.

Er lachte wieder. Eine eigenartige Unruhe ergriff mich, als ich meine Tasse Tee trank, und spürte, dass wir das doch lieber bleiben lassen sollten.

Er meinte, wir sollten einen kleinen Ausflug dorthin machen. Ich fragte ihn, ob er denn sicher wäre mit mir dorthin zu gehen und so. Er winkte ab, und klopfte mir auf die Schulter, so, als wollte er versichern, dass er immer noch mit mir hier wäre, und dass es normal wäre, dass *wir* alles zusammen unternehmen würden.

Ich bejahte dies halbwegs und stimmte ihm zu, indem ich sagte, dass wir dann aber doch besser aufbrechen sollten. Mit grosser Mühe nur konnte ich meinen Mantel anziehen. Es war bestimmt kälter geworden. Wie wir so im Eingang zur Gaststätte

standen, fühlte ich wieder dieses Zurückhaltende, dieses Ziehende. Vielleicht war ich auch in den vergangenen Tagen etwas zu sensibel, zu sehr zugänglich für fremdes Gefühlseigentum, zu eindrucksfähig. Ob ich mich zu sehr beeinflussen ließ?
Benjamin öffnete die Tür und ging mit wilder Entschlossenheit nach draußen. Ich folgte ihm und schloss die Tür hinter mir. Dort standen wir nun im Gedränge der Leere in dieser Straße. Keiner war zu sehen und alles war ruhig. Alle Fenster, an denen wir vorbeigingen, waren von innen beschlagen, dumpf und unduldsam.
Etwas beklommen gingen wir weiter, blickten des Öfteren einander an, bis wir endlich befreit von diesem Dorf etwas außerhalb stehen blieben und ich wusste: Nun war für wenige Stunden diese bigotte Frömmelei eingepferchter Vernunft, durch Befangenheit und Engstirnigkeit beengt, aufgehoben, hatten es hinter uns gelassen.
Wir hatten uns nicht umgedreht und den Blick über das Dorf schweigend gesenkt. Wir hatten nicht einmal den Wunsch darüber zu reden. So schwiegen wir und gingen weiter, hinein in die Grünflächen aus Gräsern und kleinen Tümpeln, verwinkelten Pfaden und Hügel.

Als wir einige Stunden querfeldein gegangen waren und erstaunlicherweise gut vorangekommen waren, geschah Folgendes:
Plötzlich standen wir tatsächlich vor dem besagten Fluss. Aus der Tiefe des Nebels zuerst unhörbar,

doch nun gut zu vernehmen, floß das Wasser, tosend und reißend, mit Nebel und Feuchtigkeit überdeckt. Der Fluss durchbrach die Eintönigkeit der Wiesen und Hügellandschaft.
Ich blickte angestrengt, blinzelte und versuchte, das Ufer auf der anderen Seite zu erblicken. Umsonst aber war mein Tun, umsonst die Anstrengung das Verhüllende der Natur zu durchdringen.
Hier nun empfand ich zum ersten Mal, seit wir hier waren, eine Ruhe, eine Gemütstiefe, die sonst verborgen war in diesem Dorf, die ich auch womöglich zurückgehalten hatte. Ich setzte mich ans Ufer und gab mich dieser Gefühlsbetontheit, selig und erstaunt über mich selbst, hin.
Plötzlich standen mir Tränen in den Augen und ich ließ es geschehen. Ich blickte in den nebligen Himmel. Ringsum war alles in dasselbe Bild getaucht: Alles blieb einheitlich verborgen vor unseren Augen, grau flimmernd und manchmal mit grünen Tupfern versetzt, ansonsten nur Vögel hörend oder Eulen im späteren Nachmittag und abends.
Ich wischte meine Tränen am Ärmel ab, erhob mich mühsam und putzte meine Hände an meinem Mantel ab. Dann wartete ich.
Benjamin war einige Meter weitergegangen, den Fluss entlang, und es sah so aus, als würde er auskundschaften wollen, wohin der Fluss führte. Natürlich wollte er das nicht wirklich, doch es sah zumindest so aus. Das Wasser sah schön aus, dynamisch, königlich und seelenvoll. Und doch lag tief darin eine gewisse Tragik, eine stumme, tränenreiche Nostalgie des Daseins.

Ich ging etwas flussaufwärts und entdeckte auf unserer Flussseite einen Holzpflock, der in der Nähe des Ufers aufgestellt worden war. An seinem unteren Teil war ein dickes, graubraunes Seil festgeknotet. Etwas gewunden lag es in der Wiese zwischen den Sträuchern und Gräsern; ein zweiter Knoten war um den Pflock gelegt und das Seil ragte gespannt in den Nebel Richtung Flussmitte.
Etwas erstaunt über diese seltsame Entdeckung näherte ich mich dem Holzpflock und fing an, etwas verunsichert und unklar, am Seil zu ziehen. Es kostete einige Mühe. Vor allem einen sicheren Stand zu finden war nicht so einfach, doch dann gelang es mir dennoch das Seil an Land zu ziehen. Es musste bereits eine lange Zeit hier gelegen haben, ungenutzt und rastlos. Das Seil war von Gräsern, Boden und etwas Moosähnlichem bedeckt. Das Seil war durchtränkt, fast aufgelöst vom Wasser. Ich rief Benjamin zu, er solle doch mal zu mir kommen, ich hätte etwas gefunden. Zusammen versuchten wir, das Seil an Land zu ziehen und plötzlich kam im Nebel ein kleines hölzernes Boot zum Vorschein.
Wieso hatte es niemand an Land gezogen? Oder wollte jemand darin in die Mitte des Flusses gelangen, und hatte vielleicht vergessen den Knoten zu lösen und ist dann aus dem Boot gefallen und die Strömung hatte ihn mitgerissen?
Verwirrt durch diese unmöglichen, ja, gar absurden Gedanken, schaute ich Benjamin an und es gelang uns, das Boot ganz nah an uns heranzuziehen.

Irgendwo im Hintergrund knisterte das Gras und ich drehte mich um. Nebliger Dunst flimmerte vor mir, wachsend und wirbelnd.
Ich entfernte mich etwas vom Ufer, denn ich merkte, dass es dort in dieser Umgebung noch feuchter war, als in den Wiesen und der Landschaft rings um uns. Ich schloss die Augen und stand eine Weile regungslos.
Als ich die Augen wieder öffnete, sah ich, dass Benjamin ins Boot gestiegen war und ohne es zu wollen, das Ufer verließ, langsam aber merklich.

Musste er dies nicht fühlen?

Wie konnte er den Entschluss gefasst haben einfach in dieses Boot zu steigen, wo er doch sicherlich wusste, dass dies gefährlich sein würde.
Dies war kein Ort des Spiels. Dies waren die Regionen großer Wandlung, großer Geschehnisse.
Hier verließ man die gewohnten Bahnen des Denkens und des Vermögens, hier gewann eine neue Welt die Realität für sich und stumm veränderte diese Welt das Leben der Menschen, die sich ihr näherten.
In diesen Raum des Todes trat er nun ein, in die Hallen neuer Wege, die Hallen des Vergessens.
Als er sich umdrehte und zum Ufer blickte, trafen sich unsere Blicke, und ich streckte die Arme nach ihm aus. Er schaute mich durchdringend an. Seine Lippen bewegten sich, wurden stille Sprache.

Über seinen Lippen aber lag die Resistenz eines alten, dahingeworfenen Lebens und er bewegte sich kaum.
Der Nebel umhüllte seinen Körper zusehends und tauchten ihn in Unkenntlichkeit und Unwirklichkeit. Ich lief zum Ufer und packte das Seil.
Mit Mühe nur konnte ich meine Füße in das rutschige Gras festhaken, so dass ich einen sicheren Stand gewinnen konnte.
Nein, dies war sicherlich keine Absicht gewesen, aber insofern ich dies heute beurteilen kann, ist das nicht so sicher gewesen.
Vielleicht wollte ich es ja auch nur nicht sehen.
Sollte ich so einen Freund verlieren?
Tausend Gedanken schossen mir durch den Kopf. Zäh und wirr. Wie ein Gespräch raunten Worte in meinen Ohren, gesprochene Gebete, gesungene Stille aus Hymne und Verderben.
Ich schrie Benjamin an, er solle doch das Seil packen und es fest umklammern, damit ich das Boot an Land ziehen konnte. Er aber saß nur da und blickte mich an, wie jemand, der zum Abschied blickt.

Es war mir unbegreiflich, wie so etwas passieren konnte. Er flüsterte Worte in den Raum, unhörbar im Tosen des Flusses, das nun an meine Ohren drang. Dabei war eigentlich alles so still gewesen.
Plötzlich aber ergriff er das Seil, knotete es an einer Leiste im Boot fest. Immer wieder aber blickte er auf, wissend um sein Tun, wissend um seine Situation. Ich merkte, dass er zu weinen anfing, doch

schnell wischte er sich mit dem Ärmel durch sein Gesicht.
Sein Gesicht in den Hallen des Vergessens.
Ich spürte, wie etwas in ihm zu kämpfen anfing, in seinem Raum, dort, weit im Nebel, halb verdeckt, halb gestohlen im Raum des Seins.

Seine Füße hatten wieder Boden berührt.

Stumm blickte er mich an, müde legte er sich ins Gras. Ich stand unweit von ihm entfernt mit dem Seil in der linken Hand, das getränkt war vom Wasser und Nebel.

In der Ferne hörte ich einen Adler.

Neben uns floß nun ruhig und nichtssagend der Fluss. Keine Spur mehr von der verzweifelten Aktion, die nur mit großer Mühe und mit dem Einsatz aller Kräfte vermieden werden konnte.
Wie närrisch aber konnte jemand sein, so etwas zu tun, fragte ich mich, doch schwieg.
Hatte ich versäumt, ihn etwas zu fragen?
Ich sah, wie er mit ausgebreiteten Armen im Gras lag, die Brust, schwer atmend, sich dehnend und in sich zusammenfallend.
Ich schwieg. Er hatte die Augen geschlossen.
Ich wusste oder hoffte, dass er irgendwann die Augen öffnen würde, einige Worte über das was vorgefallen war, sagen würde.
Plötzlich hörte ich seine Stimme, die rau und doch bestimmt einen Dank aussprach. Er sagte es mit so

viel Fremdheit, dass ich erschrak und ungewollt etwas zurückwich.
Ich ließ das Seil los, hörte wie es zuerst das Gras raschelnd berührte, und dann dumpf den Boden darunter.
Alles war so zeitlos geworden, dass selbst dieser Moment mir wie eine Ewigkeit vorkam.
Ich konnte diese Sache nicht bewerten, denn selbst ich verstand nicht recht, was wirklich vorgefallen war.
Nicht dass ich die ganze Sache nicht wirklich erlebt hatte, nein, es war eher so, dass sehr viel mehr geschehen war, sehr viel mehr war in diesen Minuten erlebt worden, viele tausend Geschichten rauschten nun zu einer einzigen zusammen und ließen hoffen, dass sich alles einmal aufklären würde.
Doch tief in uns herrschte dieses Gewolltsein, dort war dieses Nichtvergessen. War Leben.
Man konnte dieser Erfahrung nicht ablehnend entgegenstehen, denn unweigerlich kam sie immer wieder zu einem zurück. Diese Hände, die das Seil griffen und die Anstrengung zugleich in den Augen und in den Unterarmen, ließen mich erschaudern, als ich mich an die gerade gesehenen, erlebten Bilder erinnerte.
Sollte ich es dabei belassen? Benjamin war inzwischen aufgestanden, putzte sich die Hose, indem er ein paar Mal darüber wischte.
Dann schaute er auf, seufzte und blickte mich dankend an. Ich hob die Augenbrauen und meinte:
„Es ist besser, wir gehen jetzt. Wir haben genug erlebt für heute. Oder etwa nicht?"

Er nickte und kam zu mir herüber.
Zusammen verließen wir den Ort des Geschehens.
Und erst heute, viele Monate später wird mir klar:
Keiner von uns hatte sich nur einmal umgedreht.
Niemand gönnte dem Gedächtnis ein letztes Einprägen.
Benjamin suchte das Vergessen. Vielleicht, vielleicht aber war es auch nur so, dass er selbst nicht recht verstanden hatte, was geschehen war.
Aber das dachte ich nicht. Ich fühlte, dass sich etwas verändert hatte. Und es war entscheidend. Dies sollte ich in den nächsten Stunden noch selbst merken.
Doch selig die, die nicht wissen.

Oft hatte ich gemerkt, dass der Heimweg immer kürzer war, als der Weg des Fortgehens.

Selbst dann, wenn es sich um denselben Weg ohne Veränderung in Zeit und Raum handelte. Doch stets war es so.
Es dauerte also auch nicht allzulange, bis wir wieder die Schatten des Dorfes in den Nebeln entdecken konnten. Benjamin beschleunigte seinen Schritt. Bestimmt waren seine Gedanken bereits bei Cassandra.
Doch ich lächelte nicht, sondern zog die Mütze noch tiefer in die Stirn. Es war klargeworden. Und es regnete wieder. Wir hatten den ganzen Weg lang nicht gesprochen. Unsere Schritte sprachen. Erzählten von Wegen und Zeiten. Kündigten auch vieles an,

was unhörbar im Flüstern der Seele lag. Denn alles ist mit allem verbunden.

So erreichten wir die Gaststätte. Viele Menschen saßen, wie gewohnt an den Tischen und am Tresen und unterhielten sich über das Vieh und den Regen. Die Frauen schwatzten über die Männer und ihre nichtssagenden Heldentaten des Alltags. Wieder musste eine Kuh gekalbt haben, denn aufgeregt sprach ein stoppelbärtiger Mann wild gestikulierend von blutigen Erinnerungen. Ich hörte schon nicht mehr hin, hatte es auch schon vergessen, als ich die Treppe hinaufstieg um mein Zimmer aufzusuchen. Dort wollte ich mich ausruhen. Etwas warten. Neue Gedanken fassen. Schweigen und meinen Kopf in die Hände stützen. Dies war die Müdigkeit des Geistes.

Kapitel 10: Adler und Schach

Noch spät an demselben Abend saß ich in unserem Zimmer. Benjamin hatte sich nicht blicken lassen. Er war bestimmt wieder in altes Tun verfallen, lachte mit Cassandra und vergaß sein Leben in seiner Heimat, fern von diesem Dorf hier.
Ich wunderte mich, dass ich vergessen hatte, dass ich mein Schachspiel doch mitgenommen hatte in dieses Dorf. Umso mehr freute ich mich, den Koffer hervorholen zu können. Es war ein alter, lederner Koffer, den ich von meinem Mentor bekommen hatte, als Geschenk für meine italienischen Siege, damals in Florenz und Turin.
Er wirkte immer noch majestätisch. Es galt, diesen auch immer ehrbar zu schützen und niemals andere Hände diesen anfassen zu lassen.
Das Sicherheitsschloss mit Zahlenkombination gefiel mir besonders gut. Der Griff war fein säuberlich ausgearbeitet worden; per Hand natürlich, und die Schlösser waren aus Gold.
Ich liebte das Zurückschnappen der Riegel beim Öffnen des Koffers.
In ihm gebettet lagen fein und kundig die steinernen Figuren aus feinstem und reinstem Marmor. Das Brett selbst war aus den edelsten Hölzern zusammengefügt worden, und unzählige Stunden mussten daran gearbeitet worden sein. Sublime Arbeiten für das Arbeitsfeld hoher Geister.
Ich stellte die Figuren auf dem Brett auf, das ich auf meinem Bett ausgebreitet hatte und fing an, wieder das altvertraute Gefühl wahrzunehmen. Der leicht

erhöhte Puls beim Aufstellen, das Sammeln des Geistes bereits in dieser Anfangsstufe, der Geruch des Lederkoffers in der Nase und das Kribbeln in den Fingern wenn ich die marmornen, glänzenden Figuren hinstellte und ihre Beschaffenheit an meinen Fingern spürte.
Dies war bereits Meditation. Später wandelte sich alles in ein Dasein aus Aufmerksamkeit, Meditation und Kontemplation.
Dies war meine Eigenart und jeder Spieler muss sie auf seine Art erfühlen und seinen Weg der Vorbereitung finden.
Wie ungebeugte, tragfähige Wesen standen sie nun aufgereiht auf dem Brett, in Zweierreihe auf beiden Seiten. Dies war die für viele unverständliche Kontemplation von Stärke, von eigener Tätigkeitspotenz, die bereits in anderen Räumen des Denkens und Fühlens des Menschen Form angenommen haben muss, damit die ersten Züge den anderen Geist wie ein Feuergefecht aus der Bahn zu bringen versuchen und dann wie die Kräfte der Gravitation, Zug um Zug auszuspielen, und am Werden des Anderen den Geist desselben zu erschließen und diesen zu brechen. Dies sind die Momente von Wendungen, Zwangslagen und dilemmaartigen Engpässen und Punkten an denen Handeln gefragt ist.
Ich spielte lange. Ich ließ alle Gedanken in dieses Spiel fließen, ließ es wirken im virtuellen Geschehen. Es war meine Art des Gebets. Schließlich war ich ein Schachspieler und kein Prediger. So war meine Art des Gebets, meine Huldigung an das Göttliche. Und ich wusste:

Gott würde verstehen.
Würde meine Worte verstehen.
Nachdem ich merkte, dass das Schachspiel mir nicht mehr allzu sehr zusagte, dachte ich daran, (nachdem ich für kurze Zeit vor dem Fenster gestanden hatte) einen Brief zu schreiben.

Musste ich ihr nicht mitteilen, dass ich sie liebte, dass ich erkannt hatte, dass sie die Flamme in meinem Herzen war? Dass in ihr ein Teil meiner Seele aufbewahrt war, in Ewigkeit in ihrer Brust verschlossen; in ihren Händen lagen meine Gebärden, in ihren Augen konnte ich meinen Weg erkennen und ihre Worte waren immer so beruhigend, klar und liebend. Meine geliebte Noë!

Gänzlich anders war der Fall bei Benjamin gelegen. Es schien, als seien seine neckenden Worte, diese Berührungen, die er und Cassandra austauschten sicherlich zu wachsendem Tun erdacht. Beide wussten um die Wirklichkeit ihrer Gefühle. Und ich konnte nur sagen, dass ich dies beiden gönnte.
Jedoch in dieses Land brachte er auch ein zweites Herz mit, über das bis zu diesem Zeitpunkt jeder von uns beiden geschwiegen hatte. Deshalb auch meine Blicke, warnend, teils vorwurfsvoll.
Hier war Schottland und hier lernte er jemanden kennen, doch ich wusste, als der der mit ihm kam, von wo er stammte, dass in Frankreich, in unserer Heimat eine weitere, eine andere Frau warten würde, hoffnungsvoll und vertrauend!

Ich wusste auch um die Ernsthaftigkeit dieser Beziehung und um die aufopfernde, sanfte Liebe, die sie ihm entgegenbrachte. Er selbst sagte mir stets, wie sehr er sie vermissen würde und welches Vertrauen er zu ihr hatte.
War es meine Aufgabe ihn davon abzuhalten einen Fehler zu begehen? War er denn nicht alt genug?

Ich blickte nach draußen. Ein Adler flog unter dem Nebel in die Stille empor, so dass man ihn fast nicht sehen konnte.

Ich schaute auf meine Finger, meine Hände und dachte an Noë.

Benjamin und Cassandra. Auf den Zweck dieses Phänomens wollen wir momentan nicht eingehen. Es wäre jedoch von Wichtigkeit gewesen, sich weiter diesem Phänomen gewidmet zu haben. Auf einer weiteren Stufe würde dem Menschen bewusst werden, was mit ihm angestellt wurde, das heißt, was seine Vernunft mit ihm gemacht hatte. Er erkannte nicht die stattgefundene, tiefgreifende Veränderung in seinem Bewusstsein.
Er konnte es nicht einschätzen, nicht kategorisieren. Das Unbekannte offenbart sich stets in Form von Verwirrung.
Der betroffene Mensch sieht sich einem Phänomen gegenüber, dem er sich wahrlich nicht gewachsen glaubt.

Er hat das Gefühl vollständig davon beherrscht zu sein und sein Denken wäre in vergeblicher Mühe verheddert. Diese Stufe ist sehr signifikant für den seelischen Zustand des Menschen im rezidiven Affinitätsphänomen. So mag man es nennen. Kein anderes Wort würde mir einfallen, um dies darzustellen.
Ich fühlte, dass die Zeit gekommen war, um diesen Ort zu verlassen. Zu sehr spürte ich das Verlangen nach Selbstbestimmung, diese gierige Suche nach mündigem Tun, angstfrei, in ungestörten Stunden gedanklich frei, frei von Blicken, frei von Berührungen, die eigentlich nur Anfassen waren.
Andere Berührungen sehnte ich nun herbei. Alles war ruhig, und es schien als würde dieser Ort selbst Abschied von mir nehmen, in seiner ganzen Derbheit, in seiner ganzen Krudität und Unart.
Nicht jeden Morgen die Nebel und die dummdreisten Blicke alter Dorfmänner, alter Bauern sehen. Andere Nebel. Andere Luft.
Obwohl ich daran gedacht, hatte einen Brief zu schreiben, brachten nun andere Gedanken, folglich andere Taten hervor. In ihnen fand ich die Wahrheit, die langgesuchte. Würde ich mich loslösen können von diesem Dorf?
Ich wollte nicht, dass Benjamin davon erfahren würde. Ich wollte nicht dass er Fragen stellen würde, mich anblicken und mir sagen würde, dass ich doch noch eine Weile mit ihm in Schottland, in diesem Dorf bleiben solle. Es wäre nur eine unbegreifliche Verlängerung unnützer Tage.

Was ich sehen musste, hatte ich gesehen. Und verstanden. Nun galt es sich zu verabschieden.
Ich packte meine Sachen, legte den Koffer mit den Schachfiguren und dem Brett auf mein Bett.

Ich stieg die Treppen hinab, zum letzten Mal. Zum letzten Mal hörte ich das Knarren und Ächzen dieser Stufen. Ich lächelte. Niemand außer einigen Greisen die Karten spielten, war in der Gaststube. Ich roch den alten Tabakgeruch.
Mit einem hölzernen Klicken schloss sich die Tür hinter mir. Es hatte aufgehört zu regnen.
Schnell durchquerte ich die Straßen, um zum Wagen zu gelangen.
Ich blickte zurück. Sah die Hügel im Hintergrund des Dorfes, grau, mit grünen Tupfern aus Wiesen und Gräsern. Dann legte sich der Nebel wieder auf die Landschaft und ich schloss meine Augen.
Notwendigkeit lag in meinem Abschied.
So verließ ich die Siedlung.
So verließ ich Benjamin.

Kapitel 11: Augen der Ewigkeit

London.

So, als ob eine Blende von meinen Augen genommen worden wäre, sah ich die goldene Herrlichkeit des Raumes mit seiner kalten, aber erfrischenden, morgendliche Luft, durch die gelb, warm, in gesättigten Farbstrahlen die Sonne die Kronen der Bäume längs der Allee durchleuchtete und in wachsendem Steigen die Wiesen und Felder im Hintergrund durchflutend bedeckte.
Klar war der damalige Tag, hell und empfangend.
So ging ich in den Tag hinein, der an verinnerlichter Bedeutung reich wurde und näherte mich der Ringstraße, die zum Anwesen der Corsos führte.
Immer wieder aber blinzelte ich und auf einigen Strecken schien die Sonne wärmend in mein Gesicht. Der Gehweg war zwar wohl noch mit Frost bedeckt, aber bestimmt konnte ich einen schöneren Tag nicht finden.
Jede Sorgenlast wurde von mir genommen, und konnte endlich aufatmen, atmen, ohne Gespanntheit und Erregung. Umsichtig und vielsagend tauchte das Land in stiller Erwartung in einen ersten winterlichen Tag. Solch sensualistisches Geschehen, dachte ich und lächelte.
Kinder spielten bereits auf dem Gehweg, ausgelassen lachten sie und rannten umher.
Und doch war einstimmige Ruhe in der Luft. Ich summte ein Lied, selbst erschrocken über die

Leichtigkeit des Seins, das Erkennen des Spiels, des göttlichen, herrlichen Spiels.
Es war sicherlich zutreffend, dass solch ein Morgen das Innenleben stärken mochte. Einige Vögel sangen in den Baumwipfeln und Hecken und ich sah einigen nach, wie sie mit flinkem Flügelschlag in die Lüfte stiegen, sich tragen ließen, um sich in segelnden Bewegungen, kreisend in die Tiefe fallen zu lassen.

Darüber aber glitt ein Adler, schweigend, bedächtig, wie ein König, geistesmächtig und gestalterisch.

Tief prägte ich mir die Bilder ein, dachte dann aber eine Minute nach, während ich stehenblieb und dann ließ ich das Bild aus meinem Geiste fließen.

Ich sah und erkannte, dass wirklich Erlebtes in sich bereits den Höhepunkt einer tiefen Empfindung erreicht hatte und dass nichts, kein Bild, keine Erinnerung je diesen Moment, diesen Augenblick des Sehens ersetzen, zurückholen oder gar hätte einfangen können.

Wie in einem Traum gesellten sich am Himmel in das goldene Licht rosafarbene Streifen hinzu. Lautlos brach sich Licht und Schatten in den Bäumen.

Der Tag war noch jung. Ein luzider, schöner Tag, silbrig und duftend nach frischem Sein.

So ging ich die Allee entlang und man sah in der Kälte den Atem und ich lächelte.
Ich dachte an die vergangenen Wochen. Auch an Schottland. Eine lange Zeit hatte ich Noë nicht gesehen.
Ich freute mich auf ihr Lächeln, auf ihre strahlenden Augen.
Aus der Ferne erkannte ich bereits die Ringstraße, die in einem feinen Bogen einen großen, langen Weg freigab, von dem ich wusste, dass er zu einem großen Gittertor führte. Dort lag das Reich der Corsos.
Corso hatte dieses Anwesen bereits vor Jahren gekauft, und wenn man vor diesem Tor stand, blickte man mit gemischte Gefühlen auf das große Haus.
Zu diesem Domizil führte ein langer Weg aus reinem, weißen Kies und eröffnete ein tieferes Leben.
Es war zwar noch sehr früh aber fröhlich ging in meinem Ziel entgegen.
So stand ich vor dem Tor und nahm einen kurzen Atemzug.
Ich sah, dass bereits ein Bediensteter in meine Richtung kam. Er erkannte mich, öffnete mir, so dass ich alleine den Weg zum Haus gehen konnte. Ich erblickte die Statuen, die an den Seiten entlang des Pfades standen, wie sie hell und leuchtend von der Sonne eingehüllt wurden und somit Lebendigkeit, lichtvolles Strömen von Leben auszudrücken vermochten.

Andere Statuen wiederum lagen auf langen, dünnen Marmorblöcken, wie in einen sonderbaren Schlaf verfallen.

Auf manchen lag noch der frische, morgendliche Tau, und man glaubte, einen Traum zu erahnen auf den weißen Wangen der Danaide.

So kehrte ich also wieder zu ihr zurück. Wie ein Traum erschien mir nun Schottland. So weit entfernt.
So ging ich also in den Hinterhof. Ich wusste, dass ihr Atelier dort zu finden war. Ich hörte das beständige Knirschen des weißen Kieses unter meinen Schritten.
Durch die großen Fenster schien die Sonne ins Innere und ich sah eine Person dahinter an einer Skulptur arbeiten. Ich lächelte und ich merkte, dass meine linke Hand zitterte, als ich die Tür öffnete.
Weiß gestrichen war das Innere ihres Ateliers, silbrig war die Spiegelung der Sonne in den Fenstern zu sehen.
Sie drehte sich zu mir um und ihre Augen blitzten auf. Dies war die Schönheit und das Charisma ihres Wesens. Sie lächelte und ihre Arme empfingen mich.
Und ihre Augen waren vieldeutig und lichtvoll…

Über den Autor:

 PASCAL DEBRA, 1978 in Luxemburg geboren, studierte Philosophie (speziell wissenschaftstheoretische Ansätze), Literaturwissenschaften und Linguistik an der Universität Trier und erwarb dort den Magister Artium Abschluss in diesen Bereichen. Beschäftigt sich mit der Vielfalt von Weltanschauungen und philosophischen Konzepten und ist leidenschaftlicher Musikalbensammler.
War Lehrer für Philosophie und Ethik, unterrichtet aktuell in einer Privatschule.

 Pascal Debra

 debrapascal

Weitere Schriften:

„Der Schachspieler" Roman (2009) (Neue Auflage 2018)

„Die Reißzwecke in der Regenrinne" Roman (2009) 2. Auflage 2018

„Die Evolution des Skorpions" Roman (2017)

Aesculus – Ein Gedichtzyklus in 5 Bildern. (Einzelausgabe 2017)

„Die Pathologie der Liebe" Roman. (2017) 2. Auflage 2018

„Horizontenstille" Gedichte aus den Jahren 1993-1998 20jährige Jubiläumsausgabe 2018

„Ausgewählte Gedichte 1998-2002" (2018)

„Äonenfalter – Gedichte und Koans 2002-2006" Jubiläumsauflage 2017

„Gedichte und Haikus. 2006-2018" (2018)

„Achilles" Roman (2018)